魔豆

魔豆

除魔派對

vol. 5

十月雪紛飛中吉

醉琉璃——著

夜風——插畫

目錄

除魔派對
人設
毛絨絨
毛茅&黑琅
XI XII I

白烏亞
高甜
時衛

楔子

沐浴在深夜中的榴華高中，一棟棟建築物皆熄了燈。從外看過去，就是一片黑漆漆。但唯獨社團大樓的五樓卻是燈光大亮，成爲突兀的存在。

如今已從菜鳥成爲老鳥的校警，對這景象卻是視而不見，甚至連查探的念頭都沒有。因爲那層樓，是屬於校長澤蘭的地盤。

經驗和教訓都一再地告訴警衛們——遠離澤蘭，保護身心健康。

於是那名正在校園裡巡邏的警衛，只是抬頭瞄了一眼，便自顧自地繼續今晚的工作。

而被貼上「生人勿近」標籤的社團大樓五樓，此刻卻不僅澤蘭在場，就連保健室老師伊聲也在。

這兩人的另一個身分是除魔社的指導老師。

這個時間點，能讓他們同時留下的原因就在於人形污穢。

污穢是源自於土地的怪物，非人的外表正是讓它們擁有「怪物」之名的最大因素。

可就在這一陣子，外觀與人類無異的人形污穢卻平空出現了。她們有著少女或小女孩般的容貌，不只吃契魂，還會吃掉人類的血與肉。

她們被稱爲，魔女。

原本除穢者協會眞的認爲魔女是平空出現的，可就在數天前，一個發現徹底推翻了他們的認知。

魔女並非平空出現。

魔女誕生之處，就在榴岩翡嶼分部——也就是如今的榴華分部。

十五年前，榴華分部曾因污穢而發生嚴重的傷亡事件：爲了深入研究，他們活捉污穢，進行實驗，卻低估了污穢的危險性，引起了暴動。

最後付出不少代價，才總算將污穢消滅，留下的結晶則被封進收藏盒裡。那個收藏盒日後成爲了除穢者口中的「不可碰之書」，被謹愼地保管在榴華分部的地下室。

或許是經過實驗的關係，這些結晶產生了異變，不時便會改變形狀，不像一般污穢一樣凝聚爲花葉的形狀。

透過「不可碰之書」的複刻本，可以得知結晶目前的狀況。

而協會在前幾天的關鍵發現就是——

複刻本內的碎片化成人形了。

那些人形各自具有不同姿態，其中一個最爲詭異。

它的上半是連體，下半則是一條碩大的魚尾。

就和魔女「人魚」一模一樣。

這個事實同時也代表著，如果能早一些翻開「不可碰之書」的複刻本，除穢者協會就可以更快掌握到魔女的起源。

他們本來有機會早點發現線索的……

「偏偏……有人把複刻本拿去蓋泡麵了。」一道慢悠悠，但卻讓人不禁身體發涼的聲音，在燈火通明的實驗室裡響起，「不然我們就能更早察覺，『不可碰之書』的正本已經消失得不見蹤影了哪。」

偏冷色調的燈光映照在澤蘭白皙的側臉上，光影讓他優雅的面孔多了一分詭異莫測。

澤蘭坐在他鍾愛的位子上，雙手交握成塔狀，紮綁成蓬鬆辮子的藍髮垂落在肩前。

另一邊，和他相同坐姿的是一名披著醫生長袍的女子。只不過那袍子不是白色，竟是像潑灑上血液的紅色，散發著強烈的不祥感。她的一頭半長髮亂糟糟地束成一個馬尾，髮絲黑白相間，戴著眼鏡的臉孔輪廓鮮明又凌厲。

與身旁澤蘭的溫雅成了顯著的對比。

在他們兩人正前方，是一面偌大的投影布幕。螢幕被分割成多個方格，每個格子裡都是除穢者協會的相關高層人士。

其中自然少不了榴華分部的部長，以及那位……讓協會無法及時發覺不可碰之書異樣的原凶，榴華圖書館的館長，第五壬。

被點到名的第五壬縮了縮肩頭，伸手撓撓他那頭本就凌亂的頭髮，大眼鏡後面的雙眼眼神游移了下。

「呃……我沒想到嘛，但我真的要說，複刻本用來蓋泡麵真的非常好……」

「你閉嘴！」另一道聲音沾著火氣，說話的人是旁邊視窗內的藍髮少女。她的外貌看起來簡直像是小了一號又性轉的澤蘭，「誰准你拿複刻本蓋泡麵，還蓋了一個月以上？你等著這半年的薪水被我扣減吧，第五。不給你扣光，我的名字倒過來寫！」

「綠水胡？感覺還挺……」第五壬話沒說完，來自四面八方的眼刀就讓他不由得閉上嘴。他忍不住又縮了下肩，盡量減少自己的存在感。

這場會議的目的並不在責備第五壬，於是話題很快就被帶至主題——不可碰之書的正本是如何從榴華分部地下室消失的。

是的，不可碰之書消失了。

在無人進入放置處的前提下。

發現複刻本有異後，胡水綠立即帶人前往不可碰之書的放置處，位於地下二樓，被封鎖在重重門扇裡頭。

然而當胡水綠打開最後一道門，映入眼中的卻是空無一物。

榴華分部緊急調閱監視器記錄也毫無所獲。書明明上一秒還在，下一秒就消失了。

唯一可以確定的，便是不可碰之書是在九月九號那天失去蹤影。

目前榴華分部仍繼續檢視監視器拍攝到的畫面，試圖從影像中找出任何異樣或消失前的徵兆。

聽著其他人的討論，伊聲神情看似專注，其實思緒早漫不經心地飄飛了。畢竟在她看來，那些視窗裡的人都宛如一顆顆饅頭或其他糕點。

看著看著，她都覺得餓了……

噢，當然這世界上還是有她能夠辨識的面孔，她的臉盲症終究不是徹底的臉盲。

例如毛茅的養父凌霄，例如榴華分部長胡水綠。

等到伊聲回過神來時，會議已差不多進入尾聲，她正好抓到了結論。

找出不可碰之書消失的原因。

除穢者加強巡邏榴岩市，務必盡快找出其他魔女，將之格殺。

絕對，不允許活捉魔女！

十五年前的歷史，不能夠再次重演。

向所有人下達指示後，協會會長率先下線，接著其他與會人士也陸續離開這場線上會議。

「那我繼續去看錄影畫面了……」第五壬打了一個大大的呵欠，有氣無力地說，「科研室硬要我們圖書館的人一起看，說我們對書比較有研究……」

「不管有沒有研究，你都該給我去看！」胡水綠嚴厲地命令下屬，「現在，去！」

深怕再多逗留一秒會有人身安全問題，第五壬以最快速度下線，屬於他的視窗迅速暗下。大螢幕上，頓時只剩下榴華分部長一人。

「親愛的。」前一刻還帶著怒焰的嗓音，這一刻轉成了甜膩的語氣。胡水綠的身影還留在布幕上，她眼睛發亮地盯視著伊聲，眉眼和唇角是掩不住的情意，「雖然很沒氣氛，不過這也算是跟妳視訊約會了呢。」

「那現在約會結束了。」伊聲起身拎起包包，「我餓死了，現在就要去吃點東西。」

「等一下，親愛的！我馬上趕過去！我們可以一起吃宵夜，延長約會時間！」胡水綠這麼喊的時候，伊聲已推門離開實驗室。

不過胡水綠知道伊聲的沒反應就是一種默認，笑得更加甜蜜了。

被迫看人放閃的澤蘭仍維持著優雅的笑意，但手指毫不猶豫地切斷視訊，讓投影布幕轉成一片蒼白。

感覺世界恢復清靜的澤蘭吐出一口氣，將投影器具收一收，正準備踏出實驗室，一個突然的念頭讓他停住了腳步。

澤蘭思索了一會，然後拿出手機，撥出一通電話。

電話很快就接通。

一道天生散發華麗感的聲音進入澤蘭耳中。

「澤老師。」時衛的語氣絲毫不掩飾他對接到這通電話的嫌惡，他對澤蘭的尊稱聽起來更像是「別煩我」，「請問這麼晚打給我有什麼事嗎？我猜應該是沒有的，那我們彼此就立刻結束這場對話吧。」

「很可惜讓你失望了。」澤蘭鎖上實驗室的門，慢條斯理地往樓下走，「確實是有事情才打電話給你。我剛和協會開完會，跟魔女有關，不過魔女和你們這些小朋友無關。」

「重點，澤老師。」時衛連平時的客套禮貌都懶得維持了。

「重點就是，雖然魔女和小朋友們無關，但小朋友還是要加強自身的防禦力比較好。你說對嗎，時衛小朋友？」

被喊作小朋友的時衛用一記不屑的哼氣聲作爲回應。

澤蘭自顧自地說下去，「我認爲一場特殊的校外訓練對我們社團會相當有幫助，正好協會科研部日前開發出了新設備——清運場。」

時衛聽過那個，那是個能模擬污穢存在的空間。

「不只污穢，還有人形污穢……噢，當然也包括一般民眾。聽起來很有趣，是不是？」

時衛懶得糾正澤蘭說出了真心話，他只挑揀自己關心的重點，「清運場需要足夠大的空間。」

「所以我這是以社團指導老師的身分，向社長的你提出要求啊。」澤蘭走到了社團大樓一樓，正巧和路過夜巡的校警對上了目光，後者露出驚嚇的眼神。

澤蘭微笑地朝年輕的校警點點頭。

校警努力回以笑容，但表情格外僵硬。一和榴華校長打完招呼後，他用著像是身後有三條凶惡大狗在追的速度，飛也似地消失在澤蘭面前。

澤蘭揚揚眉毛，猜想對方可能是急著上廁所，不以爲意地將注意力放回和時衛的談話上。

「時家的度假山莊很適合清運場進駐，我相信科研部也會很高興有實測的機會。你覺得如何呢？」

時衛在自己家裡大翻白眼，他覺得澤蘭很煩，破壞了他玩手遊的興致，然而不能否認的是，澤蘭的提議很正確。

「時衛，你認爲呢？」澤蘭問道。

「可以，但我有條件。」時衛爽快地說，「除了我們社團的人，再加幾個名額進來。」

「你是指？」

「我要蜚葉除污社的人也參與這項特訓。」

第一章

天很藍，雲很白，陽光很熾烈，讓空氣都帶上了不容忽視的熱度。

在這樣燠熱的星期五裡，身為榴華學生的毛茅卻沒有準時去學校。並不是他故意蹺課——雖然他對這項活動確實有著異常的熱愛——而是他在昨晚收到了來自時衛的訊息。

除魔社的特別訓練從今天開始，總共四天三夜。

特訓辦在銅芽鎮的時家度假山莊。

時衛還特別註明，將有專車接送，社員不須自行前往。

「度假山莊啊……」毛茅摸著下巴，坐在客廳裡，一雙金眸骨碌骨碌地轉動，彷彿在打著什麼主意。

如果黑琅這時在場，一眼就能看出自家鏟屎官這是在盤算究竟要帶多少洋芋片才夠他吃。

不過黑琅現在不在，他在他專屬的房間裡呼呼大睡。

至於毛家的另一名房客毛絨絨，一早就飛得不見鳥影。

毛茅猜測，毛絨絨估計是跑去聽他的麻雀小夥伴講八卦了吧。

想起昨夜忘記傳訊問時衛特訓能否帶寵物過去，毛茅趕緊補傳訊息，並趁等待的時間搜尋關於銅芽鎮的資料。

手機上很快跳出一排相關連結。

銅芽鎮是個以溫泉聞名的小鎮，距離榴岩市有幾小時的車程。那裡溫泉旅館林立，假日更是人滿爲患；特產是印著「銅芽」兩字，並搭上綠芽圖案的溫泉饅頭。

照片上的饅頭看起來很美味，讓毛茅毫不猶豫決定了到時候絕對要買個一盒來試試。而當他發現竟有溫泉饅頭口味的洋芋片時，眼睛更是如燈泡般散發出炯亮的光芒。

洋芋片，還是特殊口味！那還用說嗎，當然是買買買！

毛茅迅速在購買清單上再加上一筆，就在此時，他發出去的訊息得到了回應。

時衛簡單俐落地回了一個「可以」。

「可以帶寵物就好了啊。」毛茅放下手機，伸伸懶腰，打算去叫自家那隻大胖黑貓起床。

如果把黑琅抛在家裡，毛茅用自己的腳趾頭想都能猜到，他家大毛肯定會用盡各種辦法找上來，然後在他面前表演一哭二鬧三上吊，試圖指責他的冷酷無情和鐵石心腸。

雖然毛茅肯定自己絕對不會因此感到罪惡，不過他也不想看見黑琅在他面前撒潑耍賴。

這事要是傳進海冬青耳中……

毛茅長吁短嘆一聲，那位算是他短期青梅竹馬的蜚蘗除污社社長，一定會對自己來個諄諄教誨。

小青脾碎碎唸，他一點也不想擁有，謝謝。

黑琅的房間在二樓，毛茅一推開房門，映入眼中的果然是隻胖嘟嘟還睡得四仰八叉的黑貓，以貓界來說，這睡姿可以稱得上奇葩了。

順手拍了張睡姿照傳給海冬青，毛茅這才出聲，「大毛、大毛！起床了，大毛！」

黑琅動了一下，但也只是翻個身，然後發出咂巴咂巴的聲音，彷彿正在夢裡享受著什麼美食大餐。

也許是毛絨絨。

不管黑琅夢到什麼，毛茅都決定冷酷無情地打斷，他迅雷不及掩耳地將被黑琅壓在底下的棉被猛力一抽。

這隻重得不像話的大黑貓，對個子瘦小的毛茅而言，卻好像不帶多少重量，輕而易舉便被他掀起。

並劃出一道堪稱完美的拋物線——

砸在了地板上。

發出沉重又驚人的聲響，下一秒，還加上了淒厲的喵喵叫。

「喵嗷！」黑琅反射性地跳起來，隨意對某個方向擺出恫嚇姿態，齜出尖利的白牙，一身氣勢威猛，乍看下眞有幾分貓陛下的威嚴。

「大膽刁奴！居然敢打擾朕的睡眠！」黑琅凶悍地破口大罵，也沒注意到眼前根本空無一人，「朕要叫人扒你的筋、抽你的骨！還要把你……」

「把我怎樣啊？」一道含笑的聲音說。

黑琅的威脅在喉頭哽了一下。他循聲扭過脖子，發現紫髮金眸的男孩正站在房間另一角，臉上揚著甜蜜可愛的笑容。

那笑顏輕易就能激發大半女性的母性，使她們的心跟著融化。

可黑琅卻是忍不住一個激靈。

「朕剛睡糊塗了，以爲是毛絨絨那隻蠢鳥以下犯上……」黑琅嘟囔地說，先前凌厲的氣勢就像被戳破的氣球，消散得無影無蹤。

他一抖身子，踩著貓步走近毛茅腳邊，用自己那顆黑漆漆的腦袋蹭了蹭對方的小腿。

「行了，別撒嬌啦。」毛茅以輕微力道撞了黑琅一下，「準備準備。」

「準備什麼？終於要將那隻醜鳥蒸煎煮炸了嗎？」黑琅瞬間來了精神，睡意全消，金亮眸子猛地發光。

「可惜不是。」毛茅說，「準備要去參加社團的特別訓練啦。社長昨天傳訊息，說要去他家的度假山莊參加集訓，晚點會有專車過來接送，四天三夜。大毛，去嗎？」

「廢話，當然去！朕可是要好好看好朕的鏟屎官！」黑琅用貓掌重重拍了下地，「萬一你不小心喝水噎到、吃飯哽到，或是走路跌倒該怎麼辦？」

「謝謝你的關心啊，大毛。」毛茅皮笑肉不笑地說，「不過我是十六歲，不是兩歲。順帶一提，你要維持貓形還是變成人，畢竟待會要坐的是別人的車。」

黑琅沉思三秒鐘。他喜歡貓的姿態，但是貓就不能光明正大在車上說話，只能喵喵叫。他嘖了一聲，身上白光一閃。

下一刻，房間裡出現了一名高大褐膚的黑髮男人，金色的瞳孔呈野獸般的豎長狀，看起來格外野性。

「眼睛啊，大毛。」毛茅提醒。

黑琅咂下舌，瞳孔形狀刹那變得與常人無異。

毛茅滿意地點點頭，但接著又感到傷腦筋地摸著下巴，「這下還差毛絨絨了，他的手機沒帶，也不曉得什麼時候會回來……」

「還不簡單？」黑琅乾脆地提出解決辦法，「帶朕去，他看家。」

「這聽起來似乎……」毛茅似乎真的在考慮這個意見。

緊接著，一道語帶哽咽的嗓音幽怨地從門外飄了進來。

「好過分……毛茅，你真的要像陛下說的那樣，將可憐又弱小無助的我拋下嗎……」宛如白雪堆砌而成的少年扒著門框，泫然欲泣地說，水藍色的眸子噙著淚水，鼻尖泛紅，「我不要和你分開……上次的那一天一夜，對我來說無比痛苦，造成了我莫大的心靈創傷，我到現在都還沒辦法好好吃飯……」

「是啊，從三碗飯變成只吃二又四分之三碗呢。」黑琅不屑地說，「沒看過這麼會吃的鳥。朕的鏟屎官到現在還長不高，肯定都是你的錯！」

毛絨絨露出震驚的表情，「毛茅，難道眞的是……」

「不是，沒有，少胡說八道。時間一到，我自然會長到一百八的。」毛茅斬釘截鐵地結束了有關他身高的話題，「毛絨絨，等等我們要搭社長派來的車去社團集訓地點，你要帶什麼趕快收拾一下。」

「朕就說他負責看家。一隻鳥去什麼集訓？」黑琅賣力地想改變毛茅的想法。

「不不不，我現在是人了！」毛絨絨連忙揮動著他的手指，「是很可愛又攜帶方便的人啊！我可以趴在毛茅身上，成爲他的身體配件的！」

「謝謝，這種配件我不想要呢。」毛茅果斷拒絕。他手一指，對著兩隻寵物說，「要帶什麼趕快帶一帶，不然通通只能帶我的洋芋片。」

一黑一白的身影馬上衝下樓。

黑琅打算帶幾個他喜歡的貓罐頭。

毛絨絨則打算挖出他偷藏在沙發底下的貧乳美少女寫眞集，十八禁的那種。

毛絨絨會藏在這麼隱祕的地方，主要是黑琅曾凶狠放話——敢把這種限制級的糟糕玩意暴露在毛茅面前的話，他的鳥生也可以到此爲止了！

面對毫不講理的大黑貓，毛絨絨也只能含淚吞下所有抗議。例如毛茅自己看的小本本就是限制級了啊，爲什麼他的本就不糟糕？

毛絨絨只能小心翼翼地藏起書，在夜深人靜的時候，獨自一鳥細細品味貧乳的美好滋味。將寫眞集和手機收進自己的包包，毛絨絨尙在思索還要帶上什麼之際，門鈴聲倏然大響。

「哇！」毛絨絨冷不防被這聲音嚇到，有如尾羽的布條裝飾跟著彈了起來。意識到是門鈴在響的他拍拍胸口，趕忙跑出去。

屋外不知何時被誰放置著一整箱洋芋片。

毛絨絨已經見怪不怪，照慣例地對著屋內叫道：「毛茅，你爸爸又寄洋芋片回來了！」

第一次看見門外——還不是庭院的雕花門——莫名其妙出現一個大箱子，沒有貼宅配單，也沒有署名，只在箱上畫了一朵像是橘紅色漏斗的花，毛絨絨差點要以爲是誰偷偷投放危險物品到他們家了。

電視上不是常報導出現炸彈客的新聞嗎？

那一次，毛絨絨急得要拉毛茅去報警，還是黑琅一腳踩住了跟白色大福沒兩樣的毛絨絨。

「白痴，那是凌霄寄來的。沒看到上面的花是凌霄花嗎？」

門鈴還在響，顧不得先把洋芋片箱搬進屋內，毛絨絨趕忙跑到了院子的雕花門前。就算在毛家生活了好一陣子，他還是會忘記可以直接用對講機和門外人對話並確認身分。

大門一打開，毛絨絨驚嚇地瞪大了眼睛。

站在門外的，赫然是個穿著黑西裝、戴著黑墨鏡、理著平頭、膚色黝黑，自帶凶神惡煞氣勢的陌生男人。

毛絨絨抽了一口冷氣，下一秒轉頭朝屋內大叫，「毛茅，有討債的人上門了！我們是不是該立刻把陛下拉出來抵……」

最後一個「債」字還停在毛絨絨舌尖上，一道黑影便高速地自屋內飛了出來，準之又準地砸中了毛絨絨的額頭。

「砰」的一聲，軟綿綿的白髮少年這下子真的軟綿綿地倒下了。

門外的西裝男似乎被這一幕弄得愣住了，面露錯愕，一副不知如何是好的模樣，身上的那幾分凶惡氣息也消散不少。

黑琅慢悠悠地踱步出來，看也不看被自己用冥王星寶寶玩偶擊倒的毛絨絨，金眸斜睨向外面的那名不速之客。

「幹什麼的？」黑琅雙手環胸，下巴一昂，光是站在那裡就散發出強烈的壓迫感。尤其那雙金瞳盯視人的時候，讓人不由自主產生了自己被野獸盯上的錯覺。

西裝男吞了吞口水，「我是……」

「黑琅！」有人出聲打斷了西裝男未竟的話。

那稱得上熟悉的甜軟聲音，讓黑琅反射性轉過頭。映入視野中的確實是熟悉的人。

一頭橘色長髮的美麗少女彎起棕色眼眸，笑顏有如春天綻放的花朵。

「木花梨。」黑琅眉毛挑揚起來，忽地猜到西裝男的身分，「這黑漆漆的傢伙該不會是時衛派來的？」

「啊，是的！我是時少爺派來的司機。」西裝男終於把握住說出身分的機會，「請問毛茅少爺在嗎？我是來接他的，車子就在外面。」

「咦？原來……」毛絨絨抓著冥王星寶寶，搖搖晃晃地站起來，虛弱的語氣難掩一抹遺憾，「不是來抓陛下抵債的啊……」

要不是礙於有外人在場，黑琅真想現出他的貓尾巴，快狠準地抽上毛絨絨的臉，他從鼻子裡發出了警告意味濃厚的哼聲。

解讀出對方含意的毛絨絨不禁臉色一白，瘦弱的身子也越發地站不穩。

黑琅的意思是：給朕等著，朕遲早會好好收拾你一頓！

毛絨絨想起這幾天在家裡看到的《如何美味地料理雞翅膀和雞屁股》，秀麗的臉蛋這下連血色都沒有了。

見到自己的威嚇發揮效用，黑琅很滿意，他扭頭對著敞開門的屋內喊了一聲。

「毛——茅！車來了！」

「這就來了！」少年清亮的聲音隨同急促的腳步聲傳出。

一會就見到紫髮男孩揹著一個特大的包包跑出來，矮小的身子彷彿隨時會被包包壓垮。

「木學姊。」毛茅咧開笑容，不忘向西裝男也打聲招呼，「司機大哥不好意思，讓你們久等了，我們可以出發了。請問車子在哪裡呢？」

「啊，在這！」西裝男領著毛茅他們走向停在不遠處的黑色廂型車。

毛絨絨看著那車，再看向西裝男，幽幽地嘆口氣。多像是綁匪的組合啊……爲什麼就不是來把陛下綁架走的呢？

西裝男幫忙打開後座的車門，原來裡頭還坐著一個人。

五官精緻俊麗的白髮青年舉起手，對毛茅輕揮了下。

毛茅眼中的笑意更深，「烏鴉學長。」

木花梨總算從看見毛茅那個特大號包包的驚異中回過神來，「毛茅，你的背包……」

「都是洋芋片，各種口味任君挑選，超棒的！」毛茅回頭朝木花梨比出一記大拇指。

「吃太多對身體不好。」木花梨微蹙起姣好的眉，「你現在還在長個子，營養不足容易長不高的……」

「毛茅喜歡，就讓他多吃一點。」白烏亞說，「他現在的身高就很好了，不用長那麼高也沒關係的。」

這是頭一次，毛茅心中生起了自己究竟該不該吃洋芋片的猶豫。

不過猶豫也只維持了五秒，毛茅還是堅定地投入洋芋片的懷抱，他相信自己無論如何……都會長高的！

「烏鴉太溺愛直屬啦。」木花梨嘴上叨唸，但內心也被白烏亞的理由說服了。

毛茅就是這個身高最棒了！

將行李放在行李箱後，毛茅自動與白烏亞坐在同一排。

毛絨絨則毫無遲疑地選擇了木花梨旁的位子。

「朕要坐前面。」黑琅才不想跟白烏亞坐一塊，那傢伙身上雖然沒有人魚的半身了，可人魚留下的氣息還未完全散逸，聞了就討貓厭，當然他也不想跟毛絨絨那隻笨鳥坐一起。

他大剌剌地直接佔據了副駕駛座的位子，一雙長腿還不客氣地往上一擱，流氓般的架勢讓負責開車的西裝男抖了抖。

等接到了高甜上車，前往銅芽鎮的旅程終於正式展開。

雖說在網路上已大致看過相關照片和介紹，不過等進入銅芽鎮的範圍後，毛茅這才眞正感受到銅芽鎮的美麗風情。

與榴岩市的悶熱截然不同，三面被山峰包圍的小鎮氣候宜人，放眼望去淨是生命力旺盛的蔥鬱綠意。

沿著山坡建造的屋子猶如色彩鮮明的積木，有的矮胖，有的高瘦，讓人感覺像即將進入一個不可思議的童話王國。路邊林立的路燈則特意改成芽葉的造型，外觀的金銅色呼應了「銅芽」這個名字。

木花梨不是第一次來到這了，她向車上的學弟妹介紹起小鎮特色。

「這裡主打的是溫泉，還有好吃的溫泉饅頭……噢，對了，還有可以喝的溫泉水。不過那些地方就等集訓結束之後，我再帶毛茅你們去看看。這次來銅芽鎮，主要是進行特別訓練，社團以前也辦過這樣的活動，地點都是由社長出借。」

白烏亞附和般地點點頭，他也曾參加過除魔社的特訓。

「社長家的度假山莊就在這裡嗎？」毛茅發問。

「不是呢。」木花梨笑著搖頭，「山莊在山上喔。」

山上？第一次來到銅芽鎮的毛茅等人，下意識往車外的青山看過去。

「呃，哪一座山？」毛絨絨問。

「你們看到的山都有唷。」木花梨說。

毛茅和毛絨絨同時吸了一口氣，但他們的氣還沒完全吸完，又聽見木花梨溫柔地補充。

「山也是社長他們家的喔。」

毛絨絨霎時被自己嗆到了。他發出一連串咳聲，水藍眼眸瞪得像要突出眼眶，「全……全部的山!?」

「不……」木花梨剛吐出一個字，毛絨絨立即拍拍胸口。

呼……他就知道沒那麼誇張，三座山未免也太驚人了。

「不只是山而已。」木花梨在毛絨絨喘氣的空檔微笑地說，「事實上，銅芽鎭大部分旅館和商家都是屬於社長他們家的產業呢，時家不少分支的族人就住在這。」

毛絨絨覺得自己要被那一口忽上忽下的氣給噎死了。

高甜和白烏亞的反應倒是意外地平靜。前者是本就出身名門，後者則是早就知道時家財力雄厚。

「哇喔……」毛茅以充滿敬佩的眼神看著窗外經過的一切景象，「木學姊，我現在眞的深深感受到，貧窮限制了我的想像哪。」

原來社長家不只是有錢人，而是超超超超級有錢人！

不過想想也是，一般人可是做不到因爲審美問題就大手一揮，包下了全國除污社的新戰鬥服裝和武器裝飾設計。

「毛茅，我教你。」木花梨笑盈盈地說，「你只要想，社長是須要斷網的三歲小朋友，就不會產生太大的距離感啦。」

「或者多見識見識。」高甜平淡無波地說，「來我家待久些，你就不覺得怎樣了。」

前座的黑琅瞇細眼，這話怎麼聽都像在誘拐他家鏟屎官……他正想不爽地替毛茅拒絕，簡單解釋完時家和銅芽鎮關係的木花梨，重新將話題繞回他們此次的合宿訓練上。

「特訓和一般訓練比起來，難度確實提高不少。除了我們除魔社全員外，蜚葉除污社也會有幾個人一同參與。嗯，不過我主要是充當後援的輔助角色，像是給予提示，幫忙大家準備三餐，還有盯好社長手遊別玩太凶，毛茅的洋芋片不能吃太多。」

「別這樣嘛，木學姊。洋芋片是我心靈的綠洲，我靈魂的救贖！要我一個禮拜只吃洋芋片，是完全沒問題的！」

「這個提議駁回唷。毛茅，包包裡的洋芋片起碼要扣下一半。」木花梨揚著溫柔的笑靨，可語氣上沒有半點商量的餘地，「不然我就要請伊老師也過來山莊一趟了，一起加入我們的集訓。」

「木學姊，請妳盡量扣下吧。」毛茅立刻服軟。倘若讓號稱「污穢吸引機」的伊聲過來，他們特訓的困難度百分之兩百會翻了好幾倍。

更何況沒收一半，他還有一半的洋芋片呢！

「看在你個子迷你的份上，我可以分一顆泡芙給你，小豆苗。」高甜面無表情地說，「這是好朋友該做的事。」

「謝謝妳啦，高甜。」毛茅愉快地說。

白鳥亞摸了摸毛茅柔軟的頭髮，「我有帶一包爆米花，洋芋片口味的。」

不，洋芋片口味的爆米花……那還不如直接給洋芋片啊！毛絨絨努力克制內心的吐槽。

毛茅毫不在意，開心地對他的直屬學長比了一個心心手勢。

「不能厚此薄彼。」高甜尋求公平。

毛茅腦筋動得飛快，立即反應過來高甜的意思，笑容滿面地也朝對方比出一個小愛心。

高甜的嘴角滿意地微翹。

車子穿過銅芽鎮鎮中心，一路往山區駛去。

童話般的色彩漸漸褪去，蒼碧遍布了視野所及之處。

終於，車子在一處巍峨聳立的建築物前停下。

從外觀看，就像一幢豪華的溫泉旅館，大片綠意環繞在屋外，高高低低的樹木和灌木成了層疊的天然屏障。

而位於中央的建築物後方，還能瞧見幾棟屋宅矗立在左右兩邊，彼此之間有廊道接連，讓人方便來往聯繫。

「哇喔，這就是社長家的度假山莊嗎？」毛茅拒絕了白烏亞想幫他拿行李的好意，揹著自己裝滿洋芋片的特大背包，從廂型車上跳下來，金眸閃閃發亮地看著雄偉氣派的主館。

「這是主館，左右兩邊分別是二館和三館。」木花梨拎著以灰色星星裝飾的行李袋，微笑地說，「社長就在主館裡等著我們，大家一起進去吧。」

在木花梨的領路下，除魔社一群人魚貫進入了主館的大廳。

與毛茅預想中的奢華景象不同，用來迎賓的大廳出人意表地是以大量暖色系來裝飾，木頭家具和顏色鮮艷的編織品隨處可見。甚至還有一座鋪著劈好木柴的磚造暖爐，不過裡頭並沒有點燃爐火。

靠窗且迎著暖陽的一張木椅上，一道修長卻坐沒坐相的身影，如同被抽掉骨頭似地癱靠在椅內。

然而即便是這樣的姿勢，也絲毫不減那人完美至極的容貌與氣質。

他有著一頭淺色的白金髮絲，桃紅色的細長眼眸微瞇，專心盯視著手上的手機，左眼下則有一點惑人的淚痣。他注意到大廳裡有人到來便抬起眼，眸光流轉間直讓人忍不住就耽溺進去。

「比我預想的還早到嘛。」除魔社的社長懶洋洋地說，視線逐一掃視過眾人。毛茅、高甜、白烏亞、木花梨，以及社員家屬的黑琅和毛絨絨。時衛稍微撐直身子，「項冬、項溪，還有黑梟呢？我確定我說的是社團全部的人都得參加活動，林靜靜除外。」

和須要在晚上外出刷洗黴斑的正式社員不同，林靜靜只是地下社員，平時就是應時衛的要求負責收集一些小道消息。

畢竟林靜靜可是榴華赫赫有名的八卦王。

「黑梟說她晚點會自行過來。」木花梨點開手機頁面確認。想到那名似乎不喜歡自己的學妹居然願意主動傳訊過來，她就忍不住眉眼彎彎，「社長，這是黑梟第一次聯絡我耶，我覺得我們的友誼之橋終於搭起了第一塊磚。」

「才第一塊磚嗎？」毛絨絨小聲地和黑琅分享感想，「陛下，這樣那座橋要何年何月才蓋得成啊……」

「不知道。」黑琅說，「反正朕和你之間只能有一座老饕與美食之橋。感謝朕吧，朕可是把你的地位提升了。」

從儲備糧食變成美食嗎？毛絨絨哆嗦著身子，飛快與黑琅拉出安全距離，這種地位升格他完全不想要。

「項冬、項溪的話……」可以說是除魔社最重要支柱的木花梨，向時衛報告著另外兩名社員的情況，「他們說他們突然患上了人群恐懼症。」

「呵。」時衛冷笑，「傳訊息給那兩個，沒來就等著去澤老師的實驗室關一個月吧，我相信澤老師一定會對他們表現出充沛又沸騰的愛意。」

木花梨一字不漏地將時衛的話傳送給項冬、項溪，想了想又多附註上一句。

出席率快不夠了，不參加活動的話，我會每天傳冥王星寶寶的動畫連結跟貼圖給你們喔。

「先把你們的行李拿去放吧——我本來是想這麼說的。」時衛又把身子再坐正一點，乍看彷彿像是高雅的貴族端坐在華麗的座位上，除了他的眼神還是黏在手機遊戲上，「待會還有幾個人要過來，我懶得把同樣的話重複說好幾遍，所以就這樣吧。」

時衛的「這樣」，指的是隨便你們想在大廳裡幹什麼，總之就是先乖乖待著，誰也不准離開。

好在時衛沒有獨裁到連上廁所也不准人去。

跑去解決人生必要大事的毛茅剛回到大廳，就瞧見廳裡多了三個人。

一個很熟悉。

兩個沒見過。

「哈囉，小青。」毛茅笑咪咪地朝熟悉的那位揮手打招呼。

坐在黑琅身邊的海冬青也舉起手，「你好，毛茅。」

這一來一往的回應落在另兩名剛到的女孩子耳中，讓她們露出了不同程度的驚訝表情。

身爲蜚葉除污社的社員，她們知悉自家社長的脾氣──他向來連最簡單的招呼都惜字如金，沒想到今天居然會……

眼裡閃過一瞬訝異的少女有著一頭華麗的白金色長髮，以繁複的細辮作爲頭上的裝飾。五官出眾，皮膚像光滑的上等瓷器，一雙桃紅色眸子令人想到閃耀的寶石。

直接表現出目瞪口呆的女孩同樣留著過腰長髮，髮色是比白金再稍微深一些的淡金色。而眸子則與桃紅相仿，只不過更偏向於紅。那張小巧的臉蛋乍看下與她的同伴也有幾分相像。

兩人坐在一塊，大部分人都會猜想她們應該是一對姊妹花。

但毛茅還是敏銳地捕捉到，白金長髮少女的輪廓及眼角、唇角，與現場的另一個人才是眞正地相像。

──和時衛。

「毛茅，過來這坐好。」白烏亞向直屬招招手。

老實說，在看見那個位置時，毛茅的腳步出現了一剎那的遲疑。不曉得是不是湊巧，高甜正好也坐在那個空位的隔壁。

毛茅惆悵地在心裡嘆口氣，爲什麼烏鴉學長和高甜老是喜歡和他組成凹字形呢？

他夢想中的凸字形，眞希望能趕緊到來哪……

「好了，既然蜚葉的人也來了，那麼就麻煩胡老師負責先介紹一下了。」時衛頭也不抬地說道。

時衛話聲剛落，一陣響亮的腳步聲就在大廳裡響起。

喀噠、喀噠。

鞋跟敲擊著地板，接著是腳步聲的主人倏地進入了眾人的視線裡。

外貌有若小一號澤蘭的藍髮少女，穿著暗紅色的哥德風裙裝，胸前的荷葉邊裝飾讓她的胸部顯得更加豐滿，一雙細白的腳上蹬著鉚釘短靴。

但是毛茅的巨乳雷達還是沒有「蹦」地彈跳起來。他摸著下巴，暗中感慨長得太像澤老師眞是可怕，讓他一顆熱愛巨乳的心在這時候依然一片死寂，起不了任何反應，像是呈水平直線的心電圖。

胡水綠沒有廢話，直截了當地切入重點，「魔女跟你們這些小鬼頭沒關係，不過不代表你們就不用增加自身的實力。誰讓榴岩市目前是公認最容易和魔女產生親密接觸的地方，尤其是榴華高中附近。這回先讓我們蜚葉的幾個人當陪練，下次就顚倒過來了。」

「那個親密接觸聽起來……」毛絨絨有絲畏縮地舉起手，「會不會不太適當啊？這樣好像魔女要跟毛茅他們發生什麼曖昧關係似的……」

「吃與被吃的關係，非常適當。」胡水綠說，「況且把手鑽進人家體內，這還不夠親密嗎？都已經負距離了。好了，非實習生閉嘴或是被我踢出屋外。」

毛絨絨毫不猶豫地選擇了第一個選項。

胡水綠又說，「正巧科研部開發出了新東西，名字叫作清運場。蜚葉和榴華的實習生都參加過和虛擬污穢對抗的訓練吧。清運場就是將這訓練再升級，順便改進原本的缺點。除了虛擬出污穢以外，還能虛擬出人形污穢的存在。噢，當然還有黴斑。」

「總之，就是讓我們和假的敵人對打？」毛茅問道。

「敵人是假的，但相信我，攻擊力絕對一點也不假。」胡水綠拉開了甜美又冷酷的微笑，「附帶一提，清運場內也會虛擬出一般民眾，誤傷路人會扣分的。至於如何累積分數，晚點會傳資料到你們的手機上。還有問題想問的嗎？」

「有。」以細辮作為頭上裝飾的白金長髮少女落落大方地開口，臉上揚起了優雅的笑容，逸出雙唇的嗓音就像是悠揚的樂曲，令人不禁想沉醉其中。

「我很在意，為什麼您在這重要場合中還能無視其他人，沉迷在那一點益處也沒有、只會讓人墮落無比的無聊遊戲？不知道您認為我是否有說錯呢，哥哥？」

「哥……哥哥!?」毛絨絨尾音拔尖，震驚地看看出聲的少女，又猛地看看被點到名的時衛，「也就是說、也就是說……是社長的親妹妹嗎！」

「雖然很不想承認這層關係，但遺憾的是，從血緣上來看我們確實是兄妹。」少女淺淺一笑，白金色的睫毛刷下又揚起，桃紅色眸子微微瞇起的時候，看起來與時衛格外相像，「敝姓時，你們可以稱呼我玥雪就好。旁邊這位是蜚葉的幹部後補，也是我的同學，安石榴。」

「你、你們好……」安石榴有些緊張，手指無意識地絞在一塊。

「很高興能和榴華除魔社的各位一同參與這項訓練。」時玥雪說，「木學姊和白學長，謝謝你們平時還要勞費心力照顧我不成器的哥哥。」

「如果說時衛的交際態度是負一百，他這妹妹就是正一百了吧？」黑琅毫不客氣地替時衛和時衛的我行我素相比，時玥雪簡直稱得上禮儀完美，應對得體。

打上一個糟糕的分數。

「琅哥說的沒錯。」海冬青附和。

「哥哥，您的回答呢？」時玥雪柔和地說，「就如同我所說的，那萬惡的遊戲把您連基本該有的禮貌和責任都剝奪光了。身爲主人，您連替客人們彼此介紹也做不到嗎？」

「妳什麼時候變得這麼囉嗦了，小雪？如果說讓妳去蜚葉唸書，就是讓妳變得嘮嘮叨叨，那當初我肯定會對妳的決定提出質疑的。」

時衛將目光從手遊裡拔起，眞正地抬起頭之後，大廳裡傳出了明顯的吸氣聲。

見所有人都看向自己，發出吸氣聲的安石榴反射性摀上嘴，一張臉卻控制不住地紅起。她努力縮著身子，想要降低自己的存在感，可視線就是不由自主地不斷往時衛飄去。

對於現場其他人來說，這並不是什麼意外的反應。

只要時衛願意閉嘴不說話，他就是一名完美的美男子。

甚至林靜靜都表明過，衝著時衛的那張臉，她可以盡力忍耐對方的毒舌和幼稚。

「不要被我哥哥的臉騙了，他很沒用的，石榴。」時玥雪絲毫不給自家兄長丁點面子。

安石榴乖巧地點頭，但依然捨不得收回目光。

「我不是發過名單到妳手機裡，跟妳提過我們榴華除魔社的社員有哪些了？」時衛暫時放下他的手遊，一手支著額，雙眼直視向時玥雪。

時玥雪還是笑盈盈的，可笑容裡有著頑強的固執。假如時衛不正面回答，她可以和他僵持到天荒地老。

這場兄妹對峙中，時衛顯然是退讓的一方——當然，與其說是禮讓妹妹，不如說他是覺得麻煩。

時衛撥了撥自己閃亮的髮絲，手指隨意往坐在周圍的除魔社眾人一比，「木花梨、白烏亞、高甜、毛茅、黑琅、毛絨絨。後面兩個是社員家屬，晚點還有黑梟會過來。毛茅和高甜，跟妳們倆都是一年級的。」

紫髮男孩露出開朗的笑容，黑髮少女冷淡地看了一眼過去。

「好了，介紹完畢。你們想要親親熱熱培養感情的話，自己私下找時間。」

眼看時衛又想低下頭去，時玥雪加重語氣說道：「哥哥，請不要再沉迷那種浪費生命的遊戲了，您已經和一個網癮廢人差不多了。既然都已參加集訓，請您拿出該有的幹勁好嗎？否則我不介意親自把您的手機拿走。」

「喔，反正我還有其他支手機。」時衛沒將這份威脅放在眼裡。但注意到胡水綠銳利的目光像利劍捅刺過來，他認命地挺直了背脊，負責接下這場談話的收尾工作。

「訓練內容和積分規則，就像胡老師提到的，都會在稍晚傳到你們手機裡。我不需要什麼幹勁，但顯然你們是需要的。」

「在四天三夜的集訓裡，只要能獲得最高分數，就可以向我提出一個願望，在不違背善良社會風俗的前提下，時家會幫那位贏家得到他想要的。別擔心我們家做不到，你們只要先考慮自己的願望內容就行。願望清單不用公開給他人知曉，只要待會到你們各自的房間後，再傳訊給我即可。」

「真的任何願望都可以嗎？」毛茅被挑起興致，金眸熠熠生光，那有些坐不住的樣子落在左右兩側的人眼中，彷如一隻興奮的人形貓咪，「一年份的洋芋片也行嗎？」

「你要十年也行。」時衛背脊又像被抽了骨頭，歪歪斜斜地靠著椅背。

「開什麼玩笑！讓毛茅十年吃洋芋片？你是真的要讓他永遠長不高嗎？」黑琅不爽地站了

起來，利齒從唇間微齜出來，「你是什麼居心啊？他都矮成這樣了！」

「大哥。」毛茅將「毛」字轉換成另一個字眼，他的笑臉可愛，然而眸底不帶笑意，「我相信你不用操這種無謂的心了。」

「朕可是爲你好，也省得凌霄哪天回來，發現自己的兒子竟然沒長高，怪罪到朕頭上。」黑琅振振有詞地說。

「大哥。」毛茅的笑靨更加甜蜜，只不過大概只有黑琅能解讀得出來，那簡單的兩個字蘊含的全部意思是——

大毛，你的健康生活計畫是不是想要提前了啊？沒瘦到××公斤前，可不准上餐桌的唷。

黑琅雙手抱胸，重重地坐了回去。要是他此刻是貓形，一定會用自己的屁股對著自家鏟屎官。

「那那那，認識更多的貧……」毛絨絨及時把「乳」字咬了回去，他還不想被現場的幾位女性當成變態，「呃、我是說更多符合……我喜好的小姊姊呢？」

「如果你是除魔社或蜚葉除污社的社員就行。」時衛一句話打翻了毛絨絨的幻想。

毛絨絨沮喪了三秒鐘，第四秒鐘迅速振奮起來。他不行，但是他可以請毛茅幫忙提出嘛！雖然說過程可能很艱辛，還會被毛茅鄙視貧乳只是邪魔歪道，但總比毫無機會來得好吧？

「三年份的超高級貓罐頭呢？」海冬青破天荒地發言，換來時玥雪和安石榴驚詫的注目。

在蜚葉社員的心目中，海冬青根本像連個人喜好也缺乏。這樣不近人情的一個人，居然會想要貓罐頭？

難道說社長有養貓，是隱性低調的愛貓人士嗎？

「不愧是小青，朕看好你。」黑琅愉悅大笑出聲，伸手拍拍海冬青的肩膀。

「老話一句，十年也沒問題。」時衛說。

「眞的任何願望都行？」白烏亞和高甜異口同聲地開口。

「不違背社會善良風俗的前提下都行。」時衛似乎受夠了一再被人質疑，聲調登時也高昂了幾分，「行了，一言既出，駟馬難追。」

然後時衛就發現到大廳裡的所有人，扣除掉不用加入訓練的胡水綠和木花梨，那一雙雙的眼睛霎時竟是冒出綠光，宛若餓了好幾天終於看到大餐的猛禽野獸。

第二章

讓人帶領毛茅等人前往各自的房間後，時衛也回到了自己在主館的房間。

和他高調的個性及外貌一樣，他房間的風格亦是走高調奢華路線。家具上可見描金塗漆，壁面和牆柱上能見到細緻的雕刻；地板上鋪著一張淺色的羊皮地毯，纖長溫暖的絨毛讓人如踩在雲端之上。

時衛將自己扔進柔軟的椅墊內，舉著手機，不過這回倒不是在打遊戲。

他雖然以生命和金錢熱愛手遊，但身為一社之長，該做的事都會如實完成。

現在，他就正在翻看著自家社員和蜚葉除污社傳來的願望清單。

首先是他們榴華除魔社的。

毛茅——一年份拉芙拉芙家的洋芋片。

白烏亞——想養毛茅。

高甜——想養毛茅。

姑且不論個性上有著天差地別的白烏亞和高甜，竟然會許了同一個願望，時衛在見到那四個字的瞬間，漂亮又透著凌厲感的眉毛登時高高地挑揚起來。

他不假思索地回了兩名社員六個字。

辦不到，換一個。

時衛輕咂了下舌頭。如果可以，真想挖開這兩人的腦袋，看看他們究竟是如何理解「不違背善良風俗」這句話的。

圈養一個大活人？拜託，又不是玩監禁系。

想到紫髮男孩那種熱愛往危險衝的個性——而且還是非常興奮的衝法——時衛不用想就知道，白烏亞他們的飼養願望註定不可能達成。

毛茅不會乖乖讓人養的，就算飼主是他喜愛的學長和吃貨同盟的夥伴也一樣。

換成毛絨絨的話，倒是很有可能。

把浪費腦內空間的想法拋到一旁去，時衛將頁面往下拉，終於趕到度假山莊的黑梟也發來了她的許願籤。

黑梟——想和木花梨學姊一起將社辦布置成冥王星寶寶房間，過程中能夠手牽手就更好了。

時衛設想了一會社辦可能會有的模樣，眉頭不自覺緊緊擰起，可片刻後又鬆開。即使那種布置實在有違他的審美觀，還會殘害他的眼睛，不過這個願望的確可以達成。

況且，木花梨的心情也會因此愉快許多。

就算木花梨沒有表露在外，但時衛還是能敏銳地查探出，對方對於自己契魂枯竭，無法再居於戰鬥第一線的情形，多少還是有些失落的。

爲了能鼓勵存在有如除魔社中流柢柱的橘髮少女，時衛決定即便黑梟沒有贏得最高分，他也會找一天讓兩名女孩子將社辦布置成充滿冥王星寶寶的模樣。

至於手牽手，那就看黑梟自己的努力了。

時衛不打算告訴木花梨，她和黑梟之間根本不用搭什麼友誼之橋，黑梟巴不得全力衝刺，直接飛躍到她身邊去。

只是太過害羞，光是衝刺前的準備動作就做到至今。

反正等哪一天他終於看不下去了，再幫忙推波助瀾一把就行。

剩下的最後兩名社員，項冬、項溪……目前還是人間蒸發中，連個已讀都沒有。

時衛默默記下這筆帳，他很期待將這兩人丟進澤蘭實驗室裡，關上一個月那天的到來。

時衛指尖一撥，手機頁面改跳到蜚葉除污社的許願清單。

海冬青就如他在大廳裡所說，要求三年份的超高級貓罐頭。

時衛完全不能理解海冬青對黑琅的尊敬崇拜，也完全不想去理解。那隻大胖貓光是外表，就在挑戰他的美學了。

安石榴的願望是希望可以住進時家一個禮拜，和時玥雪有更多時間相處。

時衛對「安石榴」這個名字相當有印象，她是時玥雪為數不多的好友，時玥雪也常在家裡提及對方。

別看時玥雪待人有禮親切，不論是儀表或應對都挑不出什麼毛病，想和她成為朋友卻不是稀鬆容易的事。

首先，她很排斥手遊。

凡是有玩手機遊戲的人，馬上就成為她拒絕名單上的一員。

聽起來有點可笑，可時玥雪卻是很認真在執行這條規定的——這也造成她雖然人緣極佳，深交的朋友卻沒有多少個。

最起碼，時衛這陣子聽到的僅有「安石榴」這個名字而已。

時衛很清楚，自家妹妹會固執地用這規定來選擇朋友，都是源自於自己，認為自己因手遊而玩物喪志。

時衛不以為然地聳聳肩膀，然而當他瞧見時玥雪的願望後，素來閒散的神色驀地一變。

時玥雪的願望赫然是——

哥哥一年內都不能玩手遊。

時衛盯著那排字好一會，隨後臉上浮現若有所思的表情，一個主意在他心中擬定。

就在這時，咚咚咚的敲門聲倏地傳來。聽聲音和架勢，彷彿下一刻就要破開這扇門。

時衛頭往後靠，懶洋洋地揚聲說道：「進來。」

門被推開，步入豪華房間的是個綁著長辮的藍髮少女。

「胡老師。」時衛不意外地朝來訪客人點頭。

「你不去打怪刷個分數嗎？」不待房間主人開口，胡水綠自動選了房內的一張椅子坐下，「都是當社長的人了，不懂得以身作則的話，我家親愛的會很傷腦筋的。」

「假如我暈在外面，相信伊老師會更傷腦筋的，誰讓我體虛呢？」將手機擱在腿上，時衛十指交扣，對自己的缺點不甚在意。

天生具有能看見他人契魂的能力，這使得時衛的體質比常人虛弱不少。即便從外表看不出來，可一旦使用契靈，撐不了多久就會筋疲力盡，契靈亦會跟著消散。

榴華高中裡，和時衛一樣擁有特異天賦的人還有澤蘭。

澤蘭可以逼問目標，強制對方說出一句關於自己想知道事件的線索，只不過得到的往往是太過飄渺的答案。

且他與時衛同樣，體力都不好。

因而被稱爲「榴華雙虛」。

對於這個聽起來一點都不值得驕傲的稱號，兩名當事人卻顯得毫不在意。

胡水綠也不是眞心想管時衛要怎麼做，頂多是看在伊聲的面子上，意思意思提點兩句。

「沒有下午茶可以吃嗎？」胡水綠塗得漂亮的指甲敲了敲椅子扶手，「好歹也來杯紅茶。」

「這是莫名其妙跑來別人房間的人該說的話嗎？」時衛說，「我不喜歡在房裡吃東西，所以請恕我拒絕，胡老師。」

「沒關係，你不喜歡，我喜歡啊。」胡水綠無視房間主人的意見。

「我、不喜歡，謝謝。」時衛強調了主詞，「我相信胡老師還有其他事要做，例如多照顧一下你們蜚葉除污社的人。」

「嘖嘖，不如說是多照顧你妹妹吧？」胡水綠說，「會特地找我們蜚葉的小朋友一起參加訓練不就是爲了玥雪嗎？只是想避免讓她察覺到，才多加兩個名額，讓海冬青與石榴過來。」

「胡老師，妳真的該出去做點其他的事了。」時衛變相地下達逐客令。

「我的確有很重要的事要做，誰讓你的房間碰巧在我回房間的路上，我就順便進來關懷一下手遊兒童了。」胡水綠踩著輕盈的步伐往門邊走，「下次記得準備好紅茶。還有在我自動走出房間之前，別來打擾我。」

「放心，我絕對沒有這個打算。」時衛才不想跑去看兩名老師在那邊放閃。

沒錯，胡水綠說的重要之事就是——

和伊聲進行，愛的視訊！

□

關於使用清運場的規定：

一，晚餐時間必須回到主館用餐，晚餐前會發訊通知。

二，晚上九點後至隔日凌晨五點前，禁止進入清運場打污穢或刷黴斑。

三，手機請記得充電。

「我怎麼覺得第三條規定……像是用來湊數的？毛茅，該不會你們社長認爲無三不成禮，才硬要加上這一條？」毛絨絨一邊在樹林裡東張西望，一邊困惑地提出了心底疑問。

「也許是，也許不是。」毛茅給出了模稜兩可的回答，腳下忽然踩到什麼的異樣感讓他下意識低下頭，「噢……」

毛茅不小心踩到的是兩、三顆紫黑色果實，約指甲蓋大小。本該飽滿的果皮迸裂，流出汁液，連帶地也將鞋底染上些許色彩。

「這是什麼？藍莓嗎？」毛絨絨頓時被轉移了注意力。

「那裡還有。你去吃吃看，再來跟我和毛茅報告結果。」黑琅頤指氣使地抬起手指。

毛絨絨順勢望去，果然又發現了幾顆同樣色彩的小巧果實，表皮還泛著一層光澤。

乍看下，的確很像藍莓。

毛絨絨還眞的要傻乎乎地跑上前撿起果實，被毛茅一把抓住了其中一條肖似尾羽的長布裝飾。

「藍莓可不會長在那麼高的樹上啊，毛絨絨。」

「咦咦？這裡的藍莓是長樹上嗎？」

「毛茅，不用理這隻連大腦都沒有的蠢鳥了。你不能冀望區區醜鳥，可以擁有智商這種對他來說奢侈的東西。」

「啊！陛下你人身攻擊我兩次！兩次！」

「喔，那再加上傻鳥吧，無三不成禮嘛。」

「嚶嚶嚶……毛茅，你看陛下他又……」

「欺負我」三個字還在舌尖上滾動，毛絨絨發現紫髮男孩已與他們拉開一段距離，自顧自地往前行了。

「毛茅！」毛絨絨和黑琅連忙邁步追上。

追到一半，白髮少年和黑髮男人就像是覺得人形太不方便，轉眼間兩道人影消失無蹤，取而代之的是一鳥一貓。

有如圓雪球的白鳥和胖得驚人的大黑貓，一晃眼便追至毛茅身邊。

「毛茅、毛茅！」毛絨絨撲騰著他短小的翅膀，一串追問宛如機關槍般射出，「所以那眞的不是藍莓嗎？那它是什麼？能吃嗎？好吃嗎？我可以撿來給你吃嗎？」

「不、不、不，還是不。」毛茅頭也不回地說，手指快速在手機點按著，「那是樟樹的果實，和藍莓不是同一家的。」

毛絨絨被一連串「不」砸得暈頭轉向，連飛行速度也慢上好幾拍。眼見自己又被拋到後面，毛絨絨心急地衝刺，打算將毛茅的肩膀列爲棲停目的地，沒想到黑琅正巧跳起。

於是像子彈衝出的圓雪球，就這麼悲劇地——

撞上了大胖黑貓的後腦勺。

毛絨絨被衝力彈得往後掉，黑琅被這突來一撞也失了平衡和準頭，「啪唧」地摔在地面，四肢攤平，有如一張被壓扁的貓毯子。

「毛絨絨……」黑琅擠出像來自深淵的不祥嗓音，「朕要……朕絕對要……」

「不不不!!」換毛絨絨驚恐地飆出一串「不」，豆子眼睛裡蓄滿恐慌的淚水，「我不是故意的！陛下你別……」

「你們倆在幹嘛？」毛茅一回頭，瞧見的就是兩隻寵物各摔一邊的狼狽模樣，「我只是沒注意你們幾秒，你們就把自己搞成這樣了？不管如何先暫停，打架是不好的。」

「毛茅！」毛絨絨正開心毛茅願意阻止這場紛爭，可對方接著又說了一句。

「要打等回去我房間，隨便你們打。」

黑琅眼中冒出躍躍欲試的精光，他一抖身子跳了起來，衝著毛絨絨露出一抹邪惡的笑容。

毛絨絨遍體生寒，他用小翅膀抱緊自己，擔心今晚回房後，羽毛會不會被黑琅給拔了。

「還有，在這音量要放輕一些啊，你們兩個。」毛茅說。

黑琅和毛絨絨現在都恢復動物型態，要是讓不知情的時玥雪或安石榴碰上，那可就有些麻煩了。

毛茅沒興趣和每個人介紹，自己有兩隻會說話還會變成人的寵物。

黑琅和毛絨絨自是明白事情的重要性，接下來不約而同地收斂了音量。

沒有收斂的，大概只有黑琅欺負毛絨絨的熱衷度吧。

任憑一貓一鳥在周圍又展開新一輪追逐戰，毛茅繼續檢視手機ＡＰＰ的動靜。

清運場已經在這座山上開啓。

換言之，整座山都已被籠罩在清運場的範圍裡，不會有無關人士闖入。

積分計算也相當簡單，打倒人形污穢的分數最高，再來是污穢，刷洗黴斑則是最低分。

總分最高者自然就是贏家。

倘若出現兩人或更多人平分，時衛也不吝嗇地表示，贏家們的願望他全包。

只是就和除穢者要依靠「刷一刷」這個ＡＰＰ來查探污穢波動一樣，清運場內想要找到污穢或人形污穢，憑靠的是另一個ＡＰＰ。

清一清。

毛茅開始懷疑取名者的品味，這怎麼聽都有「哇，想名字好麻煩喔，隨便啦……」的意味在裡面。

藉由「清一清」的功能，毛茅他們能夠在一定距離內，捕捉到虛擬污穢和虛擬人形污穢的波動。

只不過有一點得特別注意，人形污穢只有在進入戰鬥模式時，才會產生足以讓ＡＰＰ察覺到的波動。

當初的小紅帽、長髮公主、人魚，她們在布偶狀態或是僞裝爲人類的情況下，即便雙方距離相當近，甚至都面對面了，「刷一刷」卻是丁點反應也沒有。

經過分析，協會判斷人形污穢唯有在使用力量時，才會發出特定的波長。

要做就要做到最還原，開發清運場的科研部，自然也將這項考量放進設定裡。

想到人形污穢，毛茅就忍不住回想起在圖書館裡的那本「不可碰之書」。

複刻本證實了人形污穢的起源，正是澤蘭曾提過的十五年前事件——這是毛茅自己隨意替那事件取的名字，方便用來稱呼。

十五年前，榴華分部發生了污穢暴動，最後污穢全被消滅。殘留下來的結晶由於經過實驗的關係，會改變自身形狀，被封在不可碰之書裡。

八年前，人魚的半身寄附在烏鴉學長身上，因爲不具備意志，將自己當成了幽體，外貌也模擬成幽體的模樣，才會呈現人形輪廓。一直到她接觸到人魚，才眞正地完成了人形。

再來就是兩個多月前，小紅帽初次現身，同時也是協會記錄上的第一個人形污穢……

毛茅覺得自己可以大膽地假設，十五年前屬於人魚前身的那隻污穢其實沒被徹底消滅。它的半身神不知鬼不覺地逃脫出去，在外遊蕩多年，直到碰上白烏亞……後來又碰上人魚。

既然是異變的結晶，甚至保有活性，那麼它們的再次復活，似乎也就有跡可循了。

問題是，人形是怎麼獲得的？

複刻本內的結晶碎片頂多是有著人的輪廓，但無論是小紅帽、長髮公主、人魚、紅舞鞋，她們都擁有完美的人類外表，就算混在人群中也不會被發現出異樣。

不可碰之書的正本是被誰偷走的？

從澤蘭和伊聲那，除魔社眾人知道了不可碰之書於九月初便在榴華分部失竊。

但是他們願意透露的，也就只有這麼多了。

藍髮黑眼的美男子溫柔地勾起笑意，「小朋友乖乖上學唸書、參加社團活動就好。要是覺得太閒，我的實驗室在應徵長期工讀生喔。」

除魔社一致認爲，寫作工讀生，發音卻是要唸作「實驗品」才對。

「毛茅。」毛絨絨被追得累了，飛到毛茅肩上，氣喘吁吁地說，「我好熱、好累，想吃好料的……」

「替自己塗上一層蜂蜜吧，就能成爲你說的好料。」黑琅親切地給予建議，「然後記得往朕的嘴巴裡一跳。」

「咿！才不要！才不想跳進陛下的嘴巴裡！」毛絨絨的腦袋搖動得像波浪鼓般，「毛茅，我們溜下時芽山，去鎮上大買特買吧！」

時芽山，指的就是毛茅他們此刻身處的這座山。會有這名字，是取自於時家的時和銅芽鎮的芽。

附帶一提，毛茅他們住的山莊就叫作時芽山莊。

「這個提議否決。」毛茅說，「首先，從這徒步下山不曉得要走多久，而且我有洋芋片呀，那就是最棒的好料了。當然，我也不介意蜂蜜烤翅。」

「就算對象是毛茅……但我、我可以說，其實我很介意嗎？」毛絨絨哽咽地說，舉起的翅膀尖微微發顫，「請別吃掉如此無辜又惹人憐愛的我啊……」

「嘔！」黑琅不給面子地發出乾嘔聲，「你也太不要臉了。」

「相信我，大毛，你的臉皮和毛絨絨不相上下呢。」毛茅輕快地說，「晚點我們就能回山莊享用晚餐了，現在讓我們再來熟悉一下附近地形吧。」

黑琅和毛絨絨反射性都想反駁自己的臉皮才沒那隻蠢鳥/陛下那麼厚呢，可下一秒，他們不約而同地扭頭看向某個方向。

有聲音飄進了他們耳中。

與此同時，毛茅握在手中的手機發出嗡嗡震動。

「清一清」有動靜了。

手機上顯示的是虛擬污穢的波動。

毛茅在飄著獨特香氣的樟木林中飛快奔跑，身邊是一貓一鳥緊緊跟隨。

眼看能獲得分數的目標就在不遠處，毛茅說什麼都不會放過的——為了他的洋芋片！

雖說黑琅心繫著高級貓罐頭，但比起讓海冬青獲得最高分，他當然還是選擇站在自家鏟屎官這一邊。

所以，讓毛茅趕快獲得分數才是重點。

三條身影快若流星地朝手機上標示的方位前進，而原本只有黑琅和毛絨絨捕捉到的聲響也變得越來越清楚。

聽見這聲音的毛茅頓時放慢了腳步。

「毛茅？」毛絨絨和黑琅不解地看向紫髮男孩，不是應該繼續往前衝嗎？

「那是打鬥的聲音。」毛茅說，他已經由跑改為走了，「社長交代過，不能惡意搶走別人的獵物。」

「嘖。」黑琅對這點很不滿。要他來說，當然是搶搶搶，管對方是誰都搶！

「欸？好可惜啊……」毛絨絨失望地說。

「好了，先別說話，我們去看看是誰在跟污穢打。」毛茅做出噤聲的手勢，與一貓一鳥往聲音來源處走去。

不多久，一道纖細人影便躍入毛茅他們眼內。

那是一名留著淺色長髮的女孩子，繁複的細辮增添了髮型的華麗度，從枝葉間落下的斑駁日光將她的髮絲映得閃閃發亮……她背對著毛茅他們，尚未察覺到有人到來，似乎正專注地看著什麼。

「時玥雪？」毛茅試探地喊出人名。

聽見聲音的長髮女孩反射性轉過頭，卻不是時玥雪，而是與她有幾分相似的安石榴。

「啊，不好意思。」認錯人的毛茅連忙道歉。

「沒關係。玥雪在前面，她發現了一隻污穢。」安石榴靦腆地笑了笑，隨即注意到毛茅身旁的黑貓與白鳥，她驚訝又欣喜地往前幾步，「有貓咪和鳥耶！牠們是……」

「是我的寵物，他們之前待在我的包包裡。」毛茅臉不紅氣不喘地編織著謊言。

安石榴想起那個大得驚人的背包，立時不疑有他，「我可以摸摸牠們嗎？好可愛喔。」

黑琅一甩尾巴，直接繞到毛茅身後，用行動表明「朕不給摸」。

毛絨絨倒是展現出熱情，飛到安石榴手上——他對胸不大的女孩都有著這份熱情。

安石榴對於展現出親人態度的雪球鳥感到驚喜，一邊向雪球鳥的主人說道：「你叫毛茅對吧？毛茅，你要過來這邊看玥雪戰鬥嗎……啊！我忘了我在錄影！」

安石榴猛然想起手機猶開著錄影模式，忙不迭轉身跑向了先前站立的位置，毛絨絨被她突然的動作驚得飛起。在瞧見白金髮少女和污穢的戰鬥尚未結束時，她不禁鬆了一口氣。

她不想錯過時玥雪的任何一個畫面。

毛茅跟著走上前，看見時玥雪手持利劍。她身形輕盈敏捷，令人想到蝴蝶翩飛，但每一記劍擊卻又凶猛迅速，出手快若鷹隼，形成了力與美的完美結合。

毛茅眼尖地發現，白金髮少女所持的武器，和他使用的長劍外觀全然一致——那是仿生契靈。

所以，她也是契魂未成熟？

戰場上的時玥雪極爲專注，那雙桃紅色的美麗眼眸中只看得見敵人的存在。

她面對的污穢體長數公尺，兩隻複眼白火熊熊燒灼，宛若兩盞蒼白的大燈籠。上半身是螳螂，下半身赫然是毛茸茸的八隻蜘蛛步足。揚起的兩隻前肢形如鋼鐵製的大形鐮刀，口器中是密密的尖細利牙。

污穢揮舞著它的鐮刀，與時玥雪的長劍不斷交鋒，銳利刺耳的聲響迴盪在樟木林內，不時有葉片或樹枝遭到揮砍而墜下。

時玥雪利用自己迅敏的身勢，繞過了污穢揮劈下來的大鐮刀。她的長劍以刁鑽的角度，快狠準地戳刺進那顆三角腦袋的斜下方。

不是那裡，那邊沒有核心。

時玥雪改奔至另一個方向，引得污穢下意識想扭轉身軀，但它的上半身和下半身卻因此產生了不協調。

這讓時玥雪又獲得一段空隙，她快速疾奔，那抹雪白色的身影說是在戰鬥，更像是在展現精湛的高超舞藝。

從時玥雪的身手和從容寫意的態度來看，很明顯地，解決這隻污穢對她而言並非難事，只是遲早而已。

「玥雪很強對不對？」安石榴穩穩地握著手機錄影，眼神灼熱，臉頰染上興奮的酡紅，「她和污穢的戰鬥眞的非常精彩，我好想每一場都拍下來啊，可惜沒辦法一直跟著玥雪……好想當玥雪的妹妹呢。」

「這麼說起來，第一眼看到妳們的時候，真的覺得妳們好像啊。」

「啊，其實你不是第一個這麼說的人，不知情的人常會以爲我和玥雪是姊妹呢。」安石榴害羞地笑了笑。

「我和玥雪都沒想到，會有人和自己這麼像，我們很快變得要好起來。玥雪做什麼都很厲害，我也想變得跟她一樣。就算距離還很遙遠，但是我會努力的！她是我的模範、我的榜樣，因爲有她在，我才會懂得讓自己變得更好！」

一說起時玥雪，安石榴的話匣子突然被打開。她眉飛色舞，各種溢美之辭源源不絕地從她張閤的嘴吐出。

「玥雪溫柔又謙虛，不管對待什麼人都像天使一樣。」

「對於一開始顯得膽小又畏縮的我，她主動伸出了友誼之手。」

「我好慶幸自己從來不玩手遊……」

「等等，手遊？」毛茅向來會耐心地聽人說完話，不過安石榴忽然冒出的這兩字，讓他產生了疑惑。

「玥雪很不喜歡手機遊戲，連帶也不太願意接近沉迷手遊的人，這是她後來告訴我的。」

毛茅回想一下不久前在大廳裡時家兄妹的針鋒相對，他大概知道時玥雪討厭手遊的原因源自哪裡了。

「不玩手遊的事，是我們偶然聊天聊到的。然後玥雪和我之間的友情就突飛猛進，她照顧我、陪伴我，教導我許多事。我能夠在一年級就成爲幹部候補，也都是託玥雪的福。」

「希望將來有一天，我也能變得跟玥雪一樣。」

「不，不是希望，我一定會努力做到的！我要變得和玥雪一樣！」

黑琅聽不下去了。

要論如何各種地吹捧讚美人，他才是眞正最強的，安石榴這種程度的算什麼？他可以對著自家鏟屎官完全不重複地說出一百句誇讚。

眼尖地瞄見黑琅似乎即將發難，毛茅飛快以腳跟輕撞了黑琅一下，要他乖乖聽話。

毛茅側頭看了一眼安石榴。

長髮女孩眼中是毫不遮掩的熱切與崇拜，一雙紅色的眼眸更是一掃先前的幾分拘謹，閃亮得有如發光的紅寶石，彷彿巴不得用全身上下來表達出她對時玥雪的尊敬與重視。

「啊，毛茅你快看玥雪的這個招式！她快要擊敗污穢了！」安石榴讚美著時玥雪的同時，也沒忘記緊盯著前方的戰鬥畫面。她穩穩地握著手機，開心地替毛茅講解。

果然就如安石榴所說。

時玥雪猛地一個高高躍起，輕如飛燕地踏在樟樹樹枝上，緊接著那柄閃爍著冷冷寒光的長劍——

勢如破竹地沒入了污穢體內。

旁觀的人好似聽見了一聲清脆碎響。

等同於污穢心臟的核心破了。

龐大的怪物刹那間定格，再瓦解爲無數細小的晶亮砂子，灑落一地……

不過隨著晶砂消逝，原地並沒有留下花葉般的結晶。

這只是虛擬出的污穢而已。

時玥雪戴在腕上的金屬手環跳出一串發光數字，爲她記下了清運場內的第一筆分數。

「玥雪果然是最棒的！」安石榴激動得紅了臉，收起手機後雙手用力鼓掌，洋溢著熱情的激昂語氣讓毛茅想起了另一個人。

嗯，他那位短期的青梅竹馬，小青。

小青是大毛的迷弟，那麼安石榴估計可以說是時玥雪的迷妹了。

注意到安石榴身旁多了一人一貓一鳥，時玥雪沒有流露出訝色，她揚起柔和高潔的笑靨。

「這幾天希望你們能在時芽山莊待得愉快。如果有哪裡招待不周，請務必要告知我。讓客人受到一絲委屈，是我絕對不樂意見到的事。」

黑琅與毛絨絨再次深切地感受到——時衛和時玥雪在待人處事上的天壤之別。

換作是前者，只會高傲地瞥一眼過來，再用懶洋洋的嗓音要人不管有事沒事都自己滾蛋，別妨礙他玩遊戲。

毛絨絨飛到黑琅耳邊，用極細微的音量說，「陛下，時衛和妹妹簡直像基因不同耶。」

黑琅的回應是尾巴俐落一抽，打飛了雪球鳥，不忘遞去睥睨的一眼。

什麼妹妹？沒加主詞，搞得像毛茅有妹妹一樣。他們家多一隻醜不拉嘰的鳥已經很夠了，不用再多一個妹妹了。

「在這裡很好呀。」毛茅笑嘻嘻地說，「那我們先往那邊走了，不打擾妳們。」

畢竟這是一場積分賽，各自尋找獵物才是最主要的事。

毛茅撈起地上那顆被打得七葷八素的白雪球，黑琅自動跟上，還能聽到安石榴和時玥雪的對話從後方傳來。

「玥雪，我們再去找下一個，我一定會把妳的英姿拍得更完美的！」

「不行呢，再來也要換石榴妳去找尋污穢或人形污穢了。妳我都有想要達成的願望對吧？不拿到最高分，就沒辦法向我哥哥提出要求了喔。」

「沒錯，玥雪妳說的對……我、我會加油的！有妳在我身邊眞的太好了，每次都能點醒我，讓我振作起來！」

「石榴，妳說得太誇張了。」

「沒有沒有，一點也不誇張呢。玥雪是我的典範，我會努力變得跟妳一樣的，這是我一直以來的目標……」

少女們的話聲越來越模糊，終至消失在茂密的樟木林中。

就算這時候回頭，也看不見那兩道相仿的身影了。

黑琅吐出一口氣，準備開口，憋著不說話實在讓貓難過。

只是黑琅的嘴才想張開，就被毛茅眼疾手快地塞入了一把洋芋片。

顧不得質疑毛茅究竟是從哪裡變出洋芋片——他明明沒有揹著他的齒輪包包——黑琅忙不迭地把那些零食嚥下，免得成爲第一隻被洋芋片噎死的貓。

「啾啾！」毛絨絨連忙發出鳴叫，像是爲尚不清楚事況的黑琅出聲提醒，當然也可以將他的這兩聲當作趁機對黑琅的嘲笑。

在黑琅大嚼特嚼洋芋片的時候，前方隱約有人影正朝著毛茅他們這方接近……

這也就是毛茅要迅速截斷黑琅話語的原因。

在不曉得來者是誰的前提下，最好別被人發現一隻胖貓居然會說話。

人影和毛茅他們之間的距離越來越近。

原來是個年輕女孩。一頭淺綠色秀髮乍看下像與山林融爲一體，金黃色的瞳眸半掩在垂落的眼睫毛底下。白皙的膚色好似許久未曾曬過陽光，有如一塊被細細珍藏的潔白美玉。從側臉看過去，還帶著一抹介於少女和小女生之間的稚氣。

她的兩隻袖子特別長，將她的手指尖完全遮掩住，略顯寬大的袖口隨著前行的步伐晃動。她的腳步在山林間格外輕盈，幾乎沒發出什麼聲響。

她似乎沒有留意到站在不遠處的紫髮男孩，自顧自地越過了路邊的一人一貓一鳥，頭也不回地朝著自己的方向前進。

「毛茅，那是不是人形污穢呀？」毛絨絨用氣聲問，他指的自然是清運場內的虛擬人形污穢。

在清運場開啓的狀況下，時芽山莊的員工不但換穿上易辨識的統一服裝，還會從特定的路線上下山，以確保不會讓榴華除魔社和蜚葉除污社的人弄混目標對象。

毛茅他們此刻待在訓練區域裡，所以見到的不是虛擬的人形污穢，便是虛擬的一般民眾。

將最後一片洋芋片以洩恨的力道卡滋吞下肚，黑琅氣呼呼地說，「用那種小得跟蚊子叫的聲音，是存心想讓毛茅聽不見嗎？還有，你是真蠢得負智商了嗎？我們又不在普通人會經過的路徑上，碰上的肯定都是清運場虛擬出來的。你就算在她面前裸奔，她估計看也不屑看。」

「我珍貴的肉體怎麼能隨隨便便就讓人看！」毛絨絨震驚地用兩隻小翅膀抱住自己，「陛下，你該不會是在暗示……你想看我裸奔吧！」

「朕現在只想一口把你當下午茶點心吃掉！」黑琅釋放出凶狠的殺氣。

綠髮少女對身後傳出的話聲仍是絲毫反應也沒有，不一會就消失在毛茅的視線之中……

「唔，這次是我的錯。」毛茅主動坦承錯誤，「我忘記一般人不會闖進這裡的，用不著讓大毛你閉嘴。既然那個女孩沒有突然出手攻擊我們，看樣子，那就是我們不能誤傷的虛擬路人了。」

「該不會所有的虛擬路人都跟那個女孩子一樣，長得不錯看？」毛絨絨好奇地問，「雖然還是輸我不少啦。」

「屁，你有美貌這種東西嗎？很顯然地，沒有。」黑琅不屑一顧地說。

「以社長的審美觀來看，很有可能喔。」不理會一貓一鳥低智商的爭吵，毛茅永遠記得除魔社的入社優先條件。

就是看臉。

第三章

晚餐剛結束沒多久，毛茅就收到了兩條訊息，分別來自不同的兩個人。

一個是白鳥亞，問他晚一點要不要去泡溫泉。

時芽山莊位於以溫泉聞名的銅芽鎮上，自然也接引了天然溫泉水至山莊內。除了客房內可以享受個人浴池的泡湯外，主館後方還有兩處露天溫泉，讓人能充分沉浸在瑰麗的大自然風光當中。

毛茅不假思索地回了白鳥亞一個「好」字，加一個笑臉，繼而再點開另一條訊息。

來自於時衛。

這著實是相當罕見的事。

在社團活動外，毛茅和時衛私底下倒是沒有太多接觸。

因此看到發訊人的名字，毛茅愣了幾秒才接著往下看內容。

這一看，更是不解地瞇起眼。

時衛發來的訊息很簡單，要毛茅八點半到主館和二館的二樓廊道和他碰面。

有什麼事是不能在手機裡講的？非得要當面說才可以？毛茅心中的疑問越滾越多，成為了一個毛團。

「毛茅，怎麼了嗎？手機上看到什麼了？」發現毛茅表情有異，毛絨絨拍著翅膀飛近床上的紫髮男孩，「難道說，是超可愛的平胸小姊姊或大姊姊嗎？」

「完全沒那回事的唷。」毛茅直接打破毛絨絨的希望，在那抹雪白圓影子靠近之前，跳出了訊息頁面，「我有事要出去一下。」

「去哪？」趴在床邊看電視的黑琅扭過頭，「該不會又是去找那隻白烏鴉吧？」

「我晚點的確要跟烏鴉學長泡溫泉，大概……九點的時候吧。」毛茅在心裡粗略抓了下時間，他不認爲時衛跟自己的談話會進行太久。

首先，時衛體虛。

再來，毛茅也沒興趣跟一個男人說那麼久的話。

綜合上述兩點，毛茅便敲定九點左右與白烏亞在露天溫泉碰面。

「要一起來嗎？」他順口問道。

「要要要！當然要！」毛絨絨才不想放過泡露天溫泉的機會。就算待在山莊主館隨時都能泡溫泉，但跟毛茅一起泡，當然是更棒的呀！

要是毛茅泡昏頭了，他還可以負責抱毛茅回去，藉此展現他身爲房客的重要貢獻力。

不然讓毛茅覺得自己一直沒用的話……毛絨絨心底哆嗦，深怕哪天他就得打包行李，被迫流落街頭。

全然不知毛絨絨心中的想法，毛茅遞了詢問的一眼給還扭著頭的黑琅，「大毛，你呢？」

「看在你那麼想要朕跟去的份上，朕到時候就勉爲其難地過去吧。」黑琅紆尊降貴地說，接著又把那顆黑色的腦袋扭了回去。

他還要補《冥王星寶寶》的新進度。

黑琅沒問，卻不代表毛絨絨不會問，求知欲讓他的一顆心像被羽毛撓著。

「毛茅，所以在泡溫泉之前，你要去哪裡呀？」毛絨絨追根究柢。

還沒等毛茅回答，盯著電視螢幕看的黑琅彷彿腦殼後長有眼睛，烏黑的尾巴快若閃電地揮了出去。

「啪」的一聲，毛絨絨被抽得遠遠。

可憐兮兮地滾到了房間的角落邊，成爲一顆兩腳朝天、眼冒金星的白雪球。

黑琅從鼻間發出嗤之以鼻的一聲。他都沒過問鏟屎官的行程了，區區一隻沒顏值、沒身材，連賺錢能力都沒有的鳥，竟然也敢大膽過問？

「那我先出門了。」毛茅帶上手機和房卡，前往時衛指定的地點。

這幾天裡，兩社社員在山莊內的活動範圍主要是在主館。二、三館目前處於閉館狀態，連接兩棟建築物的戶外廊道雖然可以上去，但兩館的出入口是關起的，無法進入。

毛茅他們的房間在三樓，他來到二樓時，在走廊底端的窗戶附近看見了一個人。

窗戶前被布置成了適合看書喝茶的溫馨小空間，圓几與兩張可愛的椅子擺設在旁，桌上和窗台有幾株鮮碧討喜的多肉植物，其中一張椅子上正坐著長髮少女。

少女低著頭，淡金色髮絲垂落下來，似乎在專注地寫著什麼。充足的柔和燈光映照上少女的側臉，勾勒出她秀美的輪廓。

那是安石榴。

毛茅沒有特意放輕腳步，讓安石榴反射性抬起了頭。

那雙偏紅的眼眸先是受驚地睜圓，隨後又放鬆心情地彎成弦月狀。

「晚安。」安石榴微笑地說。

「晚安。妳在……」毛茅看見安石榴的手上握著筆。

「我在寫信。」安石榴語帶靦腆，主動解釋，「寫給玥雪的。這裡氣氛很好，感覺很適合寫信呢。每次玥雪幫助我或送我什麼東西的時候，我都會寫一封信。因為我想不出能回送她什麼，那些玥雪都有了。所以後來，我就想到用這樣的方式表達我的心意。」

「信很棒，我也喜歡寫信。」毛茅笑著說，「寫給我爸爸。」

雖然內容大多是「親愛的爸爸，你到底要迷路多久才回家？你的路痴境界已經是宇宙級了。記得多寄一點洋芋片回來。應該還愛你的毛茅敬上」之類的。

「對了，我可以問你一件事嗎？」安石榴遲疑地說，「請問……玥雪的哥哥和她的感情，是不是不太好啊？」

「咦？」

「啊。」像是深怕自己的問題被誤解，安石榴連忙慌張地擺了擺手，「因爲，我常聽玥雪抱怨她的哥哥，然後早上在大廳時又……所以才有點在意，想說他們兄妹是不是處得……」

「我不清楚呢，我入社不久。」毛茅說，「現在才曉得社長有妹妹。」

「所以，原來是時衛學長沒說呀……」安石榴微訝地喃喃。

沒有再打擾安石榴寫信，毛茅轉往銜接二館的那條戶外走道。

已經有人在那裡等了。

走道上裝設感應式照明，銀白色燈光從上方灑落下來，猶如光屑般落到了青年白金的髮絲上，替本就耀眼的頭髮更添奢華質感。

時衛僅僅是站在一條沒有多餘裝飾的走道上，就能讓他所處之處成爲吸引人的亮麗風景。

「社長。」毛茅抬起手，「你找我？」

「不然我站在這裡幹嘛？吹冷風嗎？」時衛倚靠著柱子，雙手拿著手機。從他不時點按的動作來看，毛茅猜測他應該又在玩遊戲。

「嗯，我也不曉得社長你有沒有這個癖好呀。」毛茅歪著頭，明明頂著一張可愛的臉蛋，可說出的話一點也不客氣。

即使私底下和時衛的接觸不算頻繁，不過毛茅得說，和對方相處起來……很舒服。

不須顧忌太多。

就某方面來說，時衛是個直來直往的人——林靜靜的評論是毒舌、不給人面子，連修飾詞都懶——這讓毛茅覺得挺放鬆的。

和白烏亞或高甜在一起時，又是截然不同的感覺。

不過即使如此……

「社長，我們速戰速決吧。」毛茅說，「就不要浪費彼此珍貴的夜晚時間了。」

他還是沒興趣和男人待太久，換成大胸的漂亮熟女姊姊，他就願意，超級願意！共處個三天三夜都沒問題呢！

時衛對毛茅的提議深有同感。要不是眞有要事，他也不想帶著手機來外面吹冷風。

他俐落地切入重點，「這場訓練你要是能拿下最高分，我可以另外再達成你一個要求。」

「如果我沒聽錯，社長的意思是……」

「在賄賂你啊，小不點。」

「在賄賂人之前，要正確地稱呼別人名字比較好唷。」

「喔，小豆苗。」

「社長再見。」

「一年級還長得矮的毛茅站住，這是社長命令，行了吧？」

「社長，你眞的很幼稚耶，怪不得木學姊要說你只有三歲了。」

「錯，前陣子成長爲五歲了。」

「哇，好棒喔，恭喜社長。所以你賄賂我的理由是？」

時衛勾勾手指，要毛茅靠過來一點。兩人之間距離那麼大，難不成是想要他們大聲來回呼喊嗎？

時衛將手機在毛茅面前搖了搖，「是因爲這個。」

「手機？不，社長的話……手遊？」毛茅腦筋一轉，瞬間抓到關鍵。

「玥雪發來她的願望了，是一年內不准我碰手遊。」就算時衛說起這話題仍是那副漫不經心的模樣，可毛茅確定自己在他眼中看見一絲痛苦。

設身處地地想……

要是換成自己一年內不准吃洋芋片，那眞的太太太痛苦了！

毛茅甚至忍不住要爲這恐怖的想像打一個寒戰。

「社長。」毛茅立刻想搭握上時衛的肩膀，在發現自己身高不夠，還得死命踮腳尖後，若無其事地改搭上時衛的手臂，「這個忙我決定幫了，只要你願意支付一年份大毛和毛絨絨的伙食。」

「你家寵物是多會吃啊？」時衛憐憫地看向話語中透露出經濟困難的小學弟，「要我說的話，那種不符合美學的東西，就該讓他們自立自強，自己的食物自己賺。」

「社長，原來你偶爾也會說出這種金玉良言耶。」毛茅崇拜地看著對方，「相信木學姊知道了一定會很欣慰。」

「把『偶爾』拿掉。」時衛斜睨一眼，「也不要一天到晚想跟花梨打小報告，你把她當成大家的媽媽了嗎？」

「哎？木學姊是除魔幼兒園的學園長，我一直都這麼認爲耶。」毛茅坦率地說，有話直說可是他眾多的美德之一。

可惜的是，時衛看起來並不欣賞他這項美德。

「你就這麼答應了？」時衛很乾脆地轉回最開始的話題，「沒有任何想問的？例如我跟小雪的關係之類的？」

「社長願意說的話，我很榮幸聽呀。」毛茅咧開可愛的笑容，還做了一個請說的手勢。

「其實也沒什麼特別的。小雪從小就很崇拜我這個哥哥……把你『醒著的時候不要說夢話喔』的眼神收回去，小不點。」

毛茅很乖巧地將眼神改成了「是是是，你帥你說的都對」。

「後來我開啓了手遊的大門，看見了新世界，從此決定將我的金錢、人生和熱情都貢獻在上面。要我介紹現在最流行最有趣的給你嗎？抽卡類型的，但是世界觀和人物架構非常完整，尤其是邏輯性。這一個月新出的限定角色們更是各自帶有故事，我個人最推薦的是紅薔薇聖女這個限定角，她融合了睡美人與中世紀西方戰爭……」

「離題了，社長。還有不需要，謝謝。」

時衛「呿」了一聲，心不甘情不願地把來到喉頭的遊戲分享談給嚥了回去。

「對我來說，手遊讓我的生命更豐富完整，但小雪卻不這麼認爲。她無法接受這樣的我。在她看來，沉迷遊戲就是玩物喪志、不務正業，不像個大家族長子該做的事。她想要的是以前什麼都會去做，文武雙全的菁英哥哥，而不是現在只玩手遊，像個廢人一樣的哥哥。」

「請儘管放心吧，社長，你離廢人還是有一咪咪距離的。」毛茅出言安慰，不忘以拇指和食指捏出一小段空隙。

非常小段的那種。

被安慰的時衛扔給了他一枚優雅的白眼。

「我明白了。」毛茅無意識地以指尖摩挲著唇緣，「總之，你妹妹很不喜歡你玩手遊，甚至巴不得禁掉你的遊戲。剛好這次有個大好機會……所以社長妹妹的實力很強囉？」

不然時衛怎麼會充滿危機感到必須找人幫忙？

「可是社長，你不考慮自己上嗎？」

「如果我不虛我就上了。」時衛決定再給予第二記白眼，提醒毛茅不要忘記他的體質問題。

時衛身懷能夠看見契魂位置及契魂是否成熟的天賦，代價便是體力上大大地不行。

毛茅對這點記憶猶新。與長髮公主的那次對戰，時衛只能發揮十五分鐘的除穢者力量——但那份短暫的強悍，同樣也讓毛茅印象深刻。

「就是不虛的我這樣吧。」時衛估量出一個大概值。

「哇喔，那眞是挺強的。」毛茅驚訝地說，可眼神在發光。任何有挑戰性或危險性的事，他都相當樂意去嘗試。

「附帶一提，這幾天應該會再更強一些。」時衛補充，「她今晚剛發現我又課了一萬元給遊戲了，她很不高興，所以戰力値會再拉高。」

「唔，但那是社長你自己的錢吧？」

「當然，我在遊戲上的課金，通通是我玩股票賺來的。」

「那很厲害呀，應該說超厲害的！」毛茅讚歎地嚷道，那雙金澄的圓眸裡只差沒大大地寫上「敬佩」兩字，「社長根本沒麻煩到別人，自己的興趣自己負責，在我看來，這非常、非常地有責任感耶。」

時衛是第一次瞧見這樣的眼神和聽見這樣的說詞。

「社長在這方面就不是三歲，而是很負責任的成熟人士了呢。」

「說過是五歲。」時衛輕哼一聲，可眼角滑滲出自己都沒察覺的笑意。

不是平時的禮貌客套性微笑，而是發自內心，讓他由衷感到愉快的笑容。

時衛已經聽過太多「那還不是他家世好」、「他靠的都是家裡的錢」、「看，他又亂花家裡的錢了」、「眞想像他一樣，生在有錢人家啊……躺著就能爽爽過了」、「要是我有錢，我也能做到像他那樣」。

自己顯赫的家世，反而像變成與生俱來的原罪。

時衛不否認自己是天才，無論課業或其他方面的學習，對他而言都不是太難的事——但不代表他就不曾爲這些付出努力。

他的努力在他人眼前不存在。

存在的，彷彿永遠只有他的背景。

毛茅歪了下頭，以爲時衛不認同自己的看法，「我沒說錯呀。社長你玩手遊，用的是自己賺來的錢。重點是在於你自己，這是你的生活。」

所以其實輪不到旁人來指手畫腳，或出手干涉的不是嗎？

時衛讀懂了毛茅的言下之意。

他開始有些理解高甜和白烏亞是如何對毛茅敞開心胸的。紫髮男孩簡直像有種奇妙的魔力，他表現出來的態度會讓人不自覺地倒出內心話。

而且紫髮男孩總有辦法說出他們眞正想聽見的話。

就如同現在一樣。

「小不點，你會魔法嗎？」

「哎？社長，現在是科學時代啊，我們要講究實證才對。對了，正好有個問題想問。實習生以前的制服眞的很難看嗎？難看到讓你想全換掉。」

「不符合我美學的，就是難看。」時衛斬釘截鐵地說，「更何況太凌亂，沒有統一感，每個社團的制服都隨自己意思來，有的看起來連制服都稱不上。開什麼玩笑，這種亂七八糟的團隊站出去，實在難以讓別人相信他們有能力把事情辦好。就算只是實習生，也該有實習生的專業形象。最重要的是醜，傷我眼睛。」

「所以？」

「所以我和家裡提條件，我會達成他們想要的，作爲交換，時家負責出資更換實習生制服。不然你現在可是要披件破布在身上了，小不點。」

「社長英明，社長萬歲，社長的交涉手腕高超，不愧是社長啊！」毛茅拍手鼓掌。一堆「社長」繞得時衛頭都要暈了，不過這並不妨礙他聽清楚毛茅對自己的讚美。他矜持地扯動嘴角，不介意對方再多說一點。

可惜瞄了一眼手機的毛茅並沒有如他的意。

「啊，九點多了……我得去泡溫泉了，和烏鴉學長約好了。先走啦，社長。有什麼細節要補充的，請再發訊息給我，我還會幫你轉告木學姊，你成功長到八歲了。」毛茅笑嘻嘻地跑開，像活力充沛的小型旋風。

在外面又站了一會，時衛也踩著悠閒的步子走進了主館內。

紫髮男孩的話就像自己幼時最喜歡的香草霜淇淋，香甜滑順地淌過了他的心頭。

他不知道自己的臉上正露出了笑容。

與時衛的談話不知不覺花上了比預估還要長的時間，毛茅加速衝刺，來到了和白烏亞約好的露天溫泉。

當然是男性專用的那一個。

只不過一脫下衣服、放好東西，剛走到溫泉旁的瞬間，毛茅差點以爲自己走錯地方——誤闖到女生專用的溫泉池了。

裊裊白煙中，以岩石砌造而成的池子裡坐著一個藍髮白膚的纖細人影，剛好與毛茅面對面。

赫然是胡水綠。

皎白的雙頰被熱氣蒸騰出酡紅，額角冒出點點汗珠，讓那張秀美臉孔增添了一抹性感。偏乳白色的溫泉水更是讓水下的身軀若隱若現，似乎只要再盯久一點，就能窺見水裡的曼妙春光。

毛茅沒感覺到性感，甚至連他的巨乳雷達都像徹底當機，拒絕產生反應。他抽了一口氣，反射性轉身想向後跑，他絕對不想擔上一個「色狼」的名稱呀！

「毛茅，你要去哪邊？」一道熟悉不過的聲音拉住了毛茅的腳步。

「大毛……？」毛茅不由自主地轉過身。

在黑夜、陰影，以及大量熱氣的遮掩下，毛茅第一時間沒有發覺到黑琅的存在。黑髮褐膚的高大男人懶洋洋地浸泡在熱水裡，金耀的瞳孔彷如會在夜裡發光，像野獸般盯視著不遠處的獵物。

「大毛，你怎麼……」毛茅的問句被另一道哀怨的嗓音打斷。

「毛茅，我也在這裡啊……嚶嚶嚶，你怎麼都不看我……」

毛茅循聲看去，最先注意到的是烏鴉學長。

然後才是……

「咦？毛絨絨你也在呀？」

乳白的溫泉和源源不絕的白氣，讓灰髮的白烏亞和白髮的毛絨絨像被施了一層障眼法在他們身上。

毛絨絨傷心欲絕。按理說以他的美貌，毛茅應該先注意到他才對，爲什麼最後才喊他的名字？

無暇理會在一邊默默垂淚的毛絨絨，毛茅這時候終於反應過來。

如果烏鴉學長、大毛，還有毛絨絨都在，不就表示……一個遲來的眞相霎時如閃電般貫穿了毛茅的腦海。

他眼睛瞠得又圓又大，「胡老師，你是男的！」

「我有說過我是女的嗎？」胡水綠移動到沒有那麼多霧氣遮掩他身體的位置，他的體型雖然纖細，但沒有衣物的包覆，可以清楚看見精壯的肌肉線條，以及一點也不單薄的結實胸膛，「需要我再證明給你看嗎？」

胡水綠似乎打算起身離開溫泉池，只是他還沒成功，就被黑琅猝不及防地打了回去。用他的貓尾巴。

「朕可不會允許你讓毛茅看到什麼亂七八糟的髒東西！」黑琅嚴厲地說，「毛茅還那麼小！」

「我高一了，不是三歲啊，大毛。」毛茅試圖為自己聲明。

「胡老師請坐好。」就連白烏亞也頗有微辭，「身為師長請不要給學生做不良的示範。」

「啊啊？你們以為我真的願意給那個小不點看嗎？」胡水綠撇撇嘴坐了回去，「這是只有我親愛的才能夠看的好不好？」

「毛茅坐我這、坐我這。」毛絨絨趁機朝毛茅招手，「跟你說，嚇死我了……胡水綠光著身子走進來的時候，我跟陛下還有白烏亞都以為我們看錯了。他的胸是平的、是平的！下面還很大，我有偷瞄到……太恐怖了，他根本是裙子下藏了一隻野獸啊！」

「這種情報我不需要唷。」毛茅朝他露齒一笑，然後毫不猶豫地選擇坐在白烏亞身側。頭髮包裹在長毛巾裡的白烏亞對著小學弟彎了彎眼睛，這種能夠和其他人一起相處的活動讓他很開心。

將身子慢慢浸入偏燙的熱水裡，毛茅發出了幸福的感歎聲，感覺所有毛細孔因此舒張開來了，也讓他重新有了精神，再來面對胡水綠原來是男不是女的這項衝擊。

怪不得他的雷達會沒反應。

目標的性別一開始就錯了啊！

「胡老師，你的胸是怎麼弄的啊？」毛茅興致勃勃地問。

「一般人不是該問我爲什麼穿女裝嗎？」胡水綠對毛茅的不按牌理出牌揚起了眉毛。

「從我的觀察，我覺得是老師的興趣。」毛茅說：「難不成是家裡喜歡女兒，所以從小就穿女裝之類的嗎？」

「只是第一個。」胡水綠再將肩頭往下浸一點，漂亮的大眼睛半瞇起來，「我那麼漂亮，當然要穿漂亮的衣服。」

「那胸部呢？」毛茅沒放棄，鍥而不捨地問道。

「塞兩顆肉包就行了，餓了還可以掏出來吃。」胡水綠這番話說得似是而非，令人判斷不出眞假，「你要的話，可以自己塞兩個看看，尺寸還任你挑。」

毛茅微笑，接著鄭重地拒絕。

「毛茅、毛茅。」毛絨絨不甘寂寞地試圖往毛茅方向靠過來，卻被黑琅的大長腿毫不客氣地阻擋了。

「笨鳥，退回去自己的位置，朕准你過來佔據朕的空間和空氣了嗎？」黑琅閉著一隻眼，另一隻眼瞪著毛絨絨。

「我、我……明明陛下才是吸空氣最多的那個吧？」毛絨絨委屈巴巴地說，「以體型來看的話，陛下和白烏鴉……」

這一次，毛絨絨的話仍是沒機會說完。

從屋內忽然走出的頎長人影，吸引了池內另外三人的注意力。

藍髮青年一走過來，陰影像能將最近的黑琅完全覆蓋住。

「嗨，小青。」毛茅愉悅地向來人打招呼。

「你好，毛茅。」海冬青給予回應，再朝自己的社團指導老師點點頭，好像社團的女指導老師突然變成了男指導老師，絲毫沒有帶給他衝擊感。他將所有注意力都放在黑琅身上，「琅哥須要搓背嗎？我可以替你搓背。」

「在溫泉裡搓什麼背？」黑琅的嗓音像被熱氣蒸過，變得慵懶又綿長，「乖乖進來泡就好，朕旁邊特別允許你坐。」

海冬青有如小迷弟突然被偶像點名上台一樣，懷抱著無限驚喜但又忐忑不安的心情慢慢地坐進池裡。即使他的表情還是像戴了一層面具，但雙眼裡的光芒灼亮得宛若有星星降落其中。

安撫完自己的小弟，黑琅又將視線投給毛茅。他不盯好自家鏟屎官的話，萬一毛茅一不小心滑進池裡溺水了怎麼辦？

都那麼矮了！

毛茅頭上的那綹小鬈毛驀地一動，下意識地轉頭看了看，沒發現什麼異樣又轉了回去。

「胡老師，所以澤老師他們知道你是男的嗎？」

「澤蘭那個註孤生的知道，我親愛的，就是你們的伊老師也知道，基本上我同事都知道。

學生們除了正在跟我泡溫泉的你們，其他人不知道。」

「社長也不知道？」

「等他過來泡溫泉的時候，他就會知道了。」

「那我等等去通知他來。」有趣的事不能只有自己知道，這是毛茅的信條。

──毛茅才不承認，自己只是想看時衛吃驚到可能會忍不住扭曲的表情。

「啊！胡老師，你剛剛是說你親愛的是伊老師？」毛茅像被觸動地一擊掌，「該不會你們分部大廳裡的投影顏色……」

「嗯哼。」胡水綠得意洋洋地昂起下巴，「超美的，超適合我和親愛的。」

這下毛茅終於明白了。

原來如此，榴華分部大廳的那個超刺眼紅配綠……是因爲紅等於伊老師的紅袍，綠等於胡老師的眼睛或名字的關係啊！

□

將寫好的信小心地摺起，放進可愛的花朵信封裡，安石榴伸了伸懶腰，離開坐了好一陣子的窗前座位。

時玥雪的房間就在她的隔壁。

她跑去敲時玥雪的房門，然而得到的是一片靜默，她納悶地又敲了敲，門板後依舊寂然無聲。

房間的主人看樣子並不在。

「奇怪，玥雪跑去哪了？」安石榴不解地喃喃。她第一個念頭是打手機聯繫，可下一秒又打消這個主意。

打手機，可能可以很快地找到人。

但是，或許她可以先試著到處找找，說不定還能夠……碰巧遇上玥雪的哥哥？

想到時衛那張完美得帶來強烈衝擊的面孔，安石榴控制不住自己失速的心跳，面頰隱隱升溫。

將信先放回房間，她開始四處尋找時玥雪的蹤影。

最後，安石榴是在主館一樓的廚房找到時玥雪的。

還沒走至燈光大亮的廚房，就聽見時玥雪清靈悅耳的聲音飄了出來。與平日熟悉的親切不同，此時反倒多出了一點尖酸刻薄的意味。

「您還是花那麼多的時間在那無用的事情上嗎？我還以爲都高三了，您也該清醒過來，不再沉迷於那種乏味無聊的遊戲上。您就不能不要再這麼幼稚了嗎？」

會讓時玥雪用尊稱，同時又夾槍帶棒嘲弄的對象。

安石榴只知道一個。

今日上午在大廳初見面的時衛，時玥雪的哥哥。

安石榴猶豫著自己該不該貿然進入，萬一時衛學長因此認爲她是個冒失的人該怎麼辦？躊躇之間，安石榴忽地聽見了另一道醇滑低沉的嗓音傳入她的耳中。

「首先，我不覺得那無聊。相反地，那非常有趣。小雪，妳確定不來試試？我可以告訴妳，目前最流行的遊戲是哪一款。再來，我高三了，我很清醒，還有我很成熟。」

那是時衛。

「呵……您在說傻話嗎？一天到晚抱著您的手機，把大量金錢投入在沒有回報的事物上。如果可以，我眞想剖開您的腦子，看看裡頭是否變得空無一物了。」

「噢，那妳就用不著擔心了。我很確定我的大腦裡塞得滿滿的，包括遊戲所有長駐角色跟期間限定角色，都記得一清二楚。」

「記這種東西，對您的未來難道有任何幫助嗎？」

在旁人聽起來，這對兄妹間的對談簡直充滿硝煙味，彷彿隨時有可能擦出更猛烈的火花，繼而引發爆炸。

在安石榴意識過來前，她的雙腳已不自覺地踏入了廚房。

「玥雪。」安石榴喊了一聲。

「石榴？」時玥雪被轉移了注意力，將火力暫時從自家兄長身上收走。她看向走進廚房的好友，那張潔白精緻的面孔上依舊是柔和出塵的微笑。

看不出方才與人針鋒相對的火藥味。

「我聽見聲音，所以才……」安石榴習慣性挽著時玥雪的一隻手臂，目光則是忍不住往對面的時衛飄。

站在冰箱前的金髮青年宛若一個發光體，眉眼如同受到上天精心描繪過。

安石榴從在大廳見到對方的那一刻起，就在心底留下了深刻的印象，怎樣也抹滅不掉。

「既然妳的朋友來了，跟她去玩吧。」時衛轉身打開冰箱，尋找著他想要的飲料，這才是他來廚房的目的。只是沒想到前腳剛進，時玥雪後腳就跟進來了。

然後便是一場兄妹間的慣例爭執。

「您老是喜歡逃避問題。」時玥雪不屈不撓地說，「爲什麼就不能好好做點其他有意義的事？或是多放點心思在家族的事業上？那才是眞正對您有益的行爲。哥哥您……」

安石榴看見時玥雪柔順的眉眼霎時變得淩厲，如同一把出鞘的長刀，準備朝敵人揮出——顯然就是她的哥哥。

深怕現場爆發激烈衝突，安石榴急忙拉著時玥雪的手臂，腳下跟著往廚房外移動。

「我想起來了，玥雪，我有東西要給妳……我剛又寫完了一封信呢。」

被這麼一拉，時玥雪攢足的力道頓時就像被針扎破的氣球，消洩得一乾二淨，欲出口的尖銳話語則是順勢滑回了咽喉內。

「快去吧。」時衛樂得見到自己的妹妹被帶開，「妳眞的該改改妳囉嗦的毛病了，小雪。附帶一提……」

安石榴的心跳猛地漏了好幾拍，她看到金髮青年朝她露出了充滿魅力的微笑。

那眞是她至今看過最讓人怦然心動的畫面了。

像一切美好的東西堆疊在一起。

然後她聽見……

「小雪要是能像妳這麼體貼乖巧就好了哪。」

安石榴瞬間體會到什麼叫小鹿亂撞，她感覺自己失速的心臟要跳出喉嚨了。

紅暈衝上她的臉頰，她低著頭，羞澀地回應。她其實不記得自己說了什麼，大約是「玥雪也很好的」、「學長你太誇獎我了」。

那種像踩在雲端上的飄然感，猝不及防地被一聲問話給打斷。

「石榴，我們現在要去妳的房間嗎？」

「我們現在……」安石榴瞥見時衛離開了廚房，從他前進的方向來看，好像是要到外面泡露天溫泉。

安石榴想也不想地脫口而出，「玥雪，我們也去泡溫泉好不好？來這一整天了，我們都還沒一起泡過呢。」

說不定還能有更多的……和時衛學長碰面的機會呢。

可出乎安石榴預料的，時玥雪拒絕了這項提議。

「不，我最近不方便，沒辦法泡溫泉，石榴妳自己去吧。」

「啊，是剛好碰到那個來嗎？沒關係，那我們就別泡了，不然我一個人去也好無聊喔。」

「可能會遇上榴華除魔社的兩個女生呀。」

「可是，我還是只想跟玥雪泡嘛……差點忘了，還有信！信要給妳的！」

安石榴率先跑上樓梯。

時玥雪抬步跟了上去，她猶然端著優雅大方的笑，只是在沒人看見的角度，她的右手不自覺地緊緊抓住了左手。

力道大得像要捏碎一切。

第四章

如果說第一天只是在時芽山裡熟悉環境、查探地形，並且隨意打個污穢訓練手感的話……

那麼第二天，就是真正競爭的開始了。

大部分人都全力以赴，以求獲得最高的積分，好達成自己的願望。

安石榴就是其中一人。

深吸一口氣，金髮少女不復以往文靜害羞的模樣，她的眼眸裡閃動著銳利的戰意。從影子裡出現的鎖鍊一端纏上她的手臂，另一端則是化成尖銳的錐狀——

追著前方的怪物而去！

在常人眼中，那有著異形之姿的巨大生物就是怪物無誤。

但在除穢實習生的安石榴眼中，那是由清運場特殊技術模擬出來的虛擬污穢。

與真正污穢相同，虛擬污穢有著殺傷力、危險性——除了不會致死之外。

這終究是一場訓練。

清運場設有保護機制，以免參加特訓的學生們受到過重傷害。

具備狐狸外形，可身下卻有六隻極爲細長的腳的污穢企圖閃躲鎖鍊的追擊。然而它此時的型態反倒成了阻礙，乍看下像是高高樹木的腳，被鎖鍊俐落地纏捲住。

隨著安石榴猛地施力，那隻灰白色的腳頓時朝外凹折出一個角度。

鎖鍊倏然間又起了變化。

眾多尖錐自鍊身上冒出，使得那一截鎖鍊就像銳利的鋸子，凶猛地切斷灰白色的腳。

失去半隻前肢的污穢當下重心不穩，龐然的身子往下傾跌，可就在它即將以其他五隻腳穩住平衡的剎那間……

安石榴的鎖鍊再次發動。

染著銀亮光澤的武器猶如一條靈動的長蛇，「唰」地穿繞過污穢前後的五隻腳。

緊接著，脆物被折斷的清脆聲響在林中逐一響起。

卡嚓、卡嚓。

卡嚓、卡嚓。

卡嚓。

污穢失去剩餘的五隻腳，沉重的身軀再也托撐不住，隨著慣性往下墜落。

像是一片灰白色的大雲，失去重力從高空掉落下來。

安石榴眼睛眨也不眨，以鎖鍊形式出現的契靈隨她的意念而行動，快速竄伸的銀鍊如臂般敏捷。

轉眼間，直衝到污穢胸腹處！

鎖鍊上所有尖錐「卡啦、卡啦」響動，往前聚集，在最前端重新凝出一個更大的三角狀。

繃直的鎖鍊仿若帶著尖頭的長矛，迅雷不及掩耳地沒入污穢灰白色的身軀深處。

核心，破碎。

那股微震一路從鎖鍊首端傳遞到末端，最後再匯集於安石榴的皮膚上。

原本呈掉墜之姿的污穢僵停在半空中，似乎有股看不見的力量將它周邊時光凝止。

下一刹那，醜陋的怪物成了如星屑般的晶砂，向下灑落……

最末，留在深褐地面上的是空無一物。

虛擬污穢不會留下形如花葉的剔透結晶。

輕吐出一口氣，安石榴點開「清一清」。他們在清運場內消滅污穢所得到的分數，都是統計在這個ＡＰＰ裡。

不算剛剛那個灰白色污穢，今天半天下來，她已經打倒了差不多四隻。

會用「差不多」這個字眼，是因為其中一隻最後還是被趁隙逃脫了。

安石榴只要回想起來，就不免感到扼腕。眞的就只差那麼一點點啊……只要她加緊打碎核心，就可以得到一筆分數了。

力量越強大的污穢，消失後所獲得的分數也就越高。

安石榴算一算，至今她只碰到一隻稱得上高積分的獵物，這讓她忍不住期望自己晚一點的運氣夠好。

讓她碰上人形污穢吧！

「不曉得玥雪那邊進行得如何……」安石榴習慣性想發訊詢問對方狀況，但指尖剛要按下去時又飛快抽起，「啊啊不行，要獨立一點，才能變得跟玥雪一樣。」

深怕自己一聯絡上對方，就會忍不住向她撒嬌或是說出一些喪氣話，安石榴趕忙收起手機，提振起精神，準備搜尋下一隻獵物。

時間有限，要好好把握才行。

否則一到晚間九點，就得回到時芽山莊，至隔天凌晨五點後才能再次狩獵污穢。

安石榴運氣算不錯，才隻身在山中走了一會，就眼尖地看見混雜在樹皮上的黴斑。

還是正在移動的那種。

安石榴心中大喜，緊緊盯著黴斑，想抓緊這些斑在回歸至藏有污穢的孢子囊的那瞬間——果決地斬斷孢子囊！

即使污穢尚未誕生，但獲得的分數不會因而減少，仍舊是依污穢的實力來計算。

但安石榴還是忽略了一件事。

黴斑的移動速度比她想像中的還要快。

僅是一個眨眼間沒留意，青色的斑紋便消失在蔥鬱的樹林中。

安石榴大吃一驚，只能急急追往本來正盯著的方向。她喘著氣，跑到了一處充滿碎石的空地上。

沒有瞧見青色黴斑的蹤影。

就在安石榴感到失望之際，一種難以言喻的壓迫感突如其來地落在她的身上，令她一時僵住了身體。

接下來，那個就出現了。

它有著蒼白的骨頭，很多很多的骨頭。

大大小小、各種形狀的骨片互相包覆，組合出說不出外貌，但讓人直覺想到野獸的輪廓。

蒼白的兩簇火焰在屬於眼洞的位置熊熊燃起。

那片白在蒼翠的樟木林中形成了不祥的存在。

污穢從它接近胸腔的部位發出了類似狼嚎的嘯聲，旋即迅猛地往安石榴衝撞過去。

安石榴甚至還來不及讓鎖鍊順著她的心意動作，大片白影就已逼至眼前。

然而說時遲、那時快。

兩束綠影猛地自安石榴背後疾射出來，隨即纏捲住那隻由骨片拼成的污穢。

安石榴瞠大眼，倒映入她眸底的是——

荊棘！

眾多碧色荊棘纏捲在一起，形成了兩條堅韌的荊棘鋼索。它們牢牢地縛住了白骨污穢，力道之大，安石榴還可以聽見骨片「啪啦」碎裂的清脆聲響。

每一聲，都像重擊落在她發顫的心頭上。

下一剎那，荊棘捲著污穢，飛也似地退離了安石榴的視野。

速度之快，就像蛇抓住了獵物，然後飛馳撤退。

什麼？那是……什麼？安石榴呼吸急促，握著鎖鍊的掌心滲汗，她知道自己該立即轉頭看清究竟。

可在她準備這麼做的時候，耳畔無預警飄下了屬於人聲的喃喃。

「妳聞起來很熟悉……很美味……」

安石榴如同緊繃到極限的弓，霍地轉過身，鎖鍊在她身周繞出既可攻擊亦可防禦的架勢。

但撞入安石榴雙眼中的，是她從來沒有想像過的離奇光景。

荊棘消失，她看見的是無數鮮紅薔薇花如同活物般蠕動著，在地面發出了沙沙沙的聲響。

腦中迴路「啪」地斷裂，安石榴尖叫出聲。

胡水綠聽見尖叫聲的時候，正在時芽山四處走晃。

再怎麼說他都是社團的指導老師，有義務與責任留意學生們的安全。至於他的另一個身分，榴華分部的領導人，有鑑於部裡目前仍各司其職尋找著不可碰之書消失前的線索，輪不到他派上用場，倒不如加入這場特殊集訓，順便看能不能獲得解謎靈感。

除此之外，還有更重要的兩項原因。

一，榴華和蜚葉的學生碰上魔女的機率相當高，特別是榴華除魔社的社員們。算下來，四起魔女事件，他們直接牽涉在其中的就有三起。

二，那還用說嗎？當然是爲了幫伊聲分擔辛勞。

假如沒有老師過來幫忙盯著學生，那麼就得伊聲或澤蘭過來了。

而時衛與澤蘭之間的相處簡直如同水火……好吧，這樣說可能誇張了點。但時衛巴不得能在社辦外掛上「長太醜與澤老師不准進入」木牌的心願，卻是眞的。

另一方面，胡水綠也捨不得讓他家親愛的太辛苦，還不如由他上，反正分部暫時也沒有非他才能完成的工作。

集訓第二天，胡水綠換了套衣服，還是偏哥德式風格的小洋裝。裙撐將裙子撐起一個漂亮的蓬度，身上配色自然是他最愛的紅爲主；一雙筆直的長腿被雙色菱紋長襪包裹住，只在大腿留下一小截珍珠白的皮膚。

單從外表看，任誰也猜不出這位綁著蓬鬆長辮子、胸前豐滿的少女，竟然是個男人。

胡水綠一邊巡視樹林，一邊抽出心神快速地與伊聲傳著訊息。他點按鍵盤的速度很快，手指快到似乎能產生殘影。

一大串、一大串的甜言蜜語，像是不要錢般拚命朝另一端撒去。

就算伊聲大概十行字才回個一個字，他也甘之如飴。

不久後，一陣女孩彷彿碰上什麼恐怖事物的尖利喊聲，從樟木林的另一個方向傳了過來。

胡水綠眉眼間的甜蜜立即斂起，目光一凜，雙足瞬間像蹬了彈簧般飛衝出去。

幸好聲音來源處和他原本的位置並不算太遠，只花了幾分鐘，他就找到尖叫聲的主人。

長髮少女跌跪在碎石地上，身上穿的是海藍色爲主，綴著層層潔白裙邊的蜚葉戰鬥服。頭上戴了一頂同色的貝雷帽，淡金色髮絲披散下來，上窄下寬的荷葉袖蓋住了她的兩隻手臂。

安石榴？

時玥雪？

兩個人名在胡水綠腦中一晃而過，旋即他準確地喊出了名字。

「安石榴！」

跌跪在地的少女像是受到驚嚇的小動物般震了一下，她轉過頭來，偏紅的眸子裡還沾染著未褪的驚悸。

「胡……胡老師……」

「發生什麼事了？」

胡水綠大步走去，伸手拉起自己的學生，不忘銳利地掃視周圍一圈，確保目前沒有任何危險。

「我、我……」安石榴站穩身子，吞吞吐吐地說，「對不起，我只是……被嚇到了……」

胡水綠以眼神示意她說清楚。

「魔女……雖然知道那是虛擬出來的人形污穢，但是、但是……」安石榴低下頭，有如做錯事面對責備的小孩子，不安又忐忑，「但是她攻擊的時候，我還是被嚇到了……真的很對不起。」

胡水綠將險些脫口而出的尖銳話語嚥了回去，他搖搖頭，提醒自己蜚葉的小朋友們可不像榴華除魔社一樣，在遇上魔女方面經驗豐富。

「沒事，人都有第一次。」

安石榴吃驚地抬起頭，似乎沒想到素來對他們不會口下留情的指導老師，怎麼展現出了異常溫柔的一面。

「妳那什麼表情？老師看了很不愉快喔，信不信老師讓妳再也不敢露出那種表情呢。」

胡水綠笑得甜美，碧綠色的大眼睛眨動起來更顯動人。

安石榴頓時放下心來，這才是他們熟悉的指導老師。

「胡老師，清運場的一切做得都好逼眞啊，連污穢會被人形污穢呑噬爲養分，都眞實呈現出來了。」

「這沒什麼好意外的。科研部力求一切細節完美，虛擬人形污穢還能跟妳對談呢。」

「原來如此，我下次一定會更注意小心的。這次眞的是沒做好心理準備……」安石榴沮喪一會後迅速振作，「我要努力向玥雪看齊，變得跟她一樣！」

「時玥雪的成績目前似乎不錯。」胡水綠的手機上能看到全部學生的積分。反之，學生只能看見自己的，無法知曉他人的分數，「妳碰到的是長怎樣的魔女？」

「呃，很多薔薇……紅色的薔薇。」

胡水綠頓了頓欲離開的步子。他點開手機，查看清運場內虛擬人形污穢的名單，上頭詳細記載了她們的人形外貌和怪物外貌。

其中一個的人形讓他極爲熟悉，他不久前才看過而已。

就在時衛展示出來的手遊頁面。

胡水綠不禁想大翻白眼。

嘖，時衛居然把他正在迷的那位紅薔薇聖女形象給順道偷渡進來了。

和大多數社員在時芽山奮力狩獵污穢或人形污穢不同，木花梨這邊的氣氛悠閒許多。

橘髮少女將手機和錢包塞進外出包內，向時芽山莊的管家打了聲招呼，便準備搭乘專用接送車下山。

爲了確保除魔社眾人會乖乖吃飯，木花梨攬下了烹煮三餐的工作，以免有人偏食或專吃零食、不吃正餐——她知道大夥會捧場地將東西都吃完。

例如可以靠洋芋片過活的毛茅。

例如堅持不吃大多數蔬菜類，尤其青椒、紅蘿蔔，還有茄子、苦瓜的時衛。

這讓木花梨內心越發篤定，他們的社長果然是幼稚園生，才會像小孩子一樣，害怕吃這些對身體有益的蔬菜。

而白烏亞和高甜則是完全不須要人操心。

尤其是看高甜吃飯，更讓人深深覺得是一件賞心悅目兼心滿意足的事。

黑梟則是食量有點太少了，得要木花梨嚴格地盯著她，才會乖乖把一碗飯吃完。

才剛想到黑梟，木花梨就在候車處見到了那名雙馬尾少女的蹤影。

黑梟整個人像是即將被建築物的陰影吞沒。她穿著兜帽外套，黑色系的布料使她的膚色被襯得格外蒼白，透著不健康的病氣。淺灰色的眼珠直直地瞅著人，睫毛連動也沒動，像尊大型瓷人偶站在那，乍看下有點令人發怵。

木花梨的視線一對上黑梟，後者就像被抓包的小孩子，飛也似地又縮回陰影內。

木花梨正失落地想著自己究竟是哪一點讓學妹討厭，那人影驀地又出現了。

黑梟先是小步小步地走，接著步伐加大。

木花梨還沒反應過來，黑梟就像枚火箭，一晃眼便來到了她眼前。

「花梨學姊。」明明是以驚人氣勢衝過來，可黑梟的音量仍是細如蚊蚋，「要出門嗎？我可以一起去幫忙。」

「謝謝妳啊，黑梟。」木花梨覺得這眞是值得紀念的一次對話，黑梟終於沒有從她面前跑開了。她笑得溫柔，棕色眸子彎彎如弦月，「不過這樣太麻煩妳了，妳還要累積分數吧？」

黑梟小幅度地搖了搖頭，「基本分，昨天累積完了。」

「這麼快？好厲害呀！」木花梨驚歎地說。

黑梟被帽子遮住的耳朵尖染上鮮艷的紅色，可惜無人看見。她向來繃成直線的嘴唇翹了一下，又習慣性地回到持平。

「妳不多累積一點分數嗎？」木花梨建議說道，「只要拿到最高分，社長會替人達成願望喔。」

黑梟還是搖了搖頭，「不管有沒有拿到最高分，我的願望都會實現，我占卜過了。」

木花梨恍然地點點頭，黑梟的占卜能力連她也略有耳聞。

時芽山莊的司機將兩人載至銅芽鎮最熱鬧的中心區，那邊機能方便，也有兩個賣場能讓她們採買物品。

鎮上常有觀光客，見到外地人對鎮民來說已是習以爲常的事。但木花梨耀眼的美貌，依然毫不令人意外地吸引了不少注目。包括黑梟那一頭長至小腿肚的粉紅色雙馬尾，也讓人忍不住多看了幾眼。

「黑梟，我們今天主要是買菜和肉類，零食ＮＧ，不能買回去。毛茅的洋芋片太多了。」

「好，反正我也不喜歡洋芋片。」

「我看一下清單喔……我們兩個分工合作好不好？我負責這邊的，然後妳負責那邊的。」

「這邊我來，花梨學姊那邊才對，然後要這樣、那樣……」

「咦？」

「然後妳應該要從這邊開始，再來是這邊……」

「啊，好……好喔。」

木花梨不知不覺被牽著走，等她回過神來的時候，她已經照著黑梟的交代購物了。

但不能否認的是，黑梟提出的路線和注意事項，確實讓木花梨節省不少時間和力氣，比她預估的還要早就完成。

而且黑梟包攬下的採買，都是一些重物。

意識到這點的木花梨，頓時覺得自己像一口氣吃了許多她最喜歡的甜點，溫暖又甜美的滋味順著喉嚨滑落到胃部。

她無法控制嘴角的笑意，大大的笑容怎樣也藏不起，同時這也讓她本就光彩照人的姿容更鍍上了一層光輝。

黑梟與木花梨約在一號收銀台會合，她一瞧見木花梨，明顯地表露出震驚，反射性伸手擋在自己眼前。

木花梨困惑不已，「黑梟，怎麼了嗎？」

「沒事，突然覺得光好閃……」黑梟含糊地帶過，內心焦慮著自己果然不該為了在對方面前表現幹練，而和她分頭行動。

結果現在完全不曉得這中間發生了什麼事，爲什麼花梨學姊忽然間閃閃發光？整個人根本就是沐浴在聖光中的女神！

黑梟內心洶湧澎湃，蒼白的面容上卻毫不顯山露水，旁人看去只會認爲她面無表情。

不知道學妹內心活動的木花梨和煦地笑了笑，以不容置喙的強勢，從黑梟手上搶過了幾個偏重的購物袋，不讓對方一人承擔。

見到兩名女孩子大包小包地從賣場內走出來，車上的司機嚇了一跳。本來以爲她們只是買點小東西，沒想到會是大採購，他趕緊下車幫忙。

她們可是時衛少爺的嬌客！

司機從黑梟和木花梨手上接過那些購物袋，將它們一一放進後車箱裡。

木花梨望了望四周，目光鎖定住其中一間飲料店，「黑梟，妳和司機大哥在這等我一下喔，我去買個東西，馬上就回來。」

黑梟張口就想說自己也要跟上，卻被木花梨伸出的手指打斷。

木花梨強硬又不失溫柔地說，「乖，要聽學姊的話喔。」

黑梟帽子裡的兩隻耳朵徹底紅了。

木花梨跑去買了三杯去冰微糖紅茶，除了自己之外，另外兩杯是給黑梟和司機的。

飲料店的長髮工讀生從櫃台後出來，面紅耳赤地將三杯紅茶交給木花梨。

「這、這是您的飲料……」她結結巴巴地說，木花梨的美貌讓身爲女孩子的她都覺得心跳加快。但誰也沒預料到，她話才說到一半，冷不防一陣暈眩感襲來，「謝謝您的……」

「光臨」兩字還留在舌頭上，她突然身子一軟，無法控制地往地面傾斜。

「妳還好嗎？」木花梨吃了一驚，眼疾手快地攙扶住長髮工讀生軟綿綿的身體，店內的另一名短馬尾女孩也慌張地跑了出來。

「小清?小清！」馬尾女孩幫忙木花梨撐住工讀生的另外半邊身體。

被喊作小清的工讀生還有意識，只是臉色發白，冒著冷汗，看起來狀況不太好。

在車子旁邊等候的黑梟望見這一幕，不假思索地朝飲料店疾奔過去。

附近民眾也圍上來關切，有的人幫忙打電話叫救護車，有的人幫忙拿來椅子，讓工讀生先坐下來休息。

木花梨提著飲料退出人群，感覺到自己的衣角傳來輕扯的力道，她回過頭，發現是黑梟。覺得雙馬尾少女輕扯衣角的小動作很有小動物的感覺，一向喜歡小動物的木花梨忍不住露出笑顏。

明明在陰影處，但黑梟又一次體驗到被光炫花了眼的感受。她連忙低下頭，眼睛剛好納入木花梨白皙的雙腿。

花梨學姊就連腳都像在發光一樣呢！

木花梨與黑梟正欲離開飲料店，剛好聽見一邊的人們七嘴八舌地說道。

「最近天氣真的太熱了啊，又悶。」

「都沒什麼風。」

「這都第幾個倒下去了？」

「第三……還是第四個啊？」

「請問……」木花梨停下腳步，忍不住好奇地向其中一位阿姨詢問，「倒下去是指……像剛剛那位女生的情況，最近很常出現嗎？」

「她們都是中暑啦，中暑。」阿姨熱心地跟木花梨解釋，「這陣子有好幾個人都這樣了，都是女孩子，都頭暈、身體發軟，差點暈倒，然後就是會沒什麼精神，很想睡覺。以前也不是沒中暑的人，不過最近天氣比以往熱，所以症狀才會更嚴重一點吧？」

「哎呀，說是嚴重，但其實也不是眞的大毛病，多躺幾天多休息就好了。像我女兒前天也是，出現和那妹妹類似的情形，嚇了我們夫妻一大跳。還好醫生說只是中暑，接下來幾天想睡覺、沒精神都是正常的。」

阿姨看著一副體虛模樣又蒼白的黑梟，關心溢於言表，「妳們兩個小女生也要多注意啊，多喝水，多待在涼一點的地方，不要在這種大熱天往外跑。」

「好的，謝謝阿姨。」木花梨柔柔地道謝，也將對方的叮嚀記下，打算回去做點消暑的東西給大家吃。

就煮社長最不敢喝的苦瓜湯好了呢。

主館大門剛打開，毛茅就瞧見一輛車子在前方緩緩停下，從車內走下了兩抹熟悉的人影。

「木學姊、黑梟學姊。」毛茅朝兩人打招呼。

以寵物姿態出現的毛絨絨開心地啾啾兩聲，黑琅無聊地擺動尾巴，用一記斜視當成自己已經紆尊降貴地向兩名雌性人類問好了。

「學姊，我幫妳們拿吧。」毛茅看見司機打開的後車箱內有好幾個購物袋，馬上主動上前請纓。

「沒關係的，毛茅你們去忙吧。你們要去累積分數吧？」木花梨婉拒了小學弟的好意，笑盈盈地說道：「我們自己來就好，今天要煮苦瓜湯，記得早點回來喔，我會特別盛大碗一點給你和毛絨絨與黑琅的。」

毛茅外加他的兩隻寵物瞬間斷然決定，今天一定要拖延回來的時間。

因爲他們一人一貓一鳥，都討厭苦瓜！

毛茅他們幾乎是以火燒屁股般的速度，高速地撤出時芽山莊，一晃眼便鑽進了森林裡。

屬於樟木的獨特清香若有似無地飄在林中，有時還能見到樟樹的果實掉落在地面上。

毛絨絨總算不再誤認那是藍莓了。

「好了，該好好賺分數啦。」毛茅伸展了下手臂，做著熱身運動，「爲了成爲第一名，得拿出幹勁才行呢。」

「咦!?」毛絨絨大叫一聲，「難道毛茅平時沒拿出幹勁嗎？」

「當然還是有的啊。」毛茅說，「吃洋芋片的時候。」

「還有寵愛朕的時候。」黑琅驕傲地抬起下巴，只是過於圓潤的線條讓下巴不太明顯。

「大白天的就別說夢話啦，大毛。」毛茅笑容可掬地朝黑琅潑著冷水。

黑琅扭頭厲瞪，他說有就是有。

不去管把記憶美化的大胖黑貓，毛茅拿出了手機，沒有頭緒的時候就該展開抽卡大法。

只要能抽到SSR這種高等級的手遊角色卡，就表示……

「喔喔喔！喔喔喔喔喔！中了！中了！是……是紅薔薇聖女啊啊啊！」毛茅興奮得連青稚的尾音都有點拔尖顫抖。

這是他現在在玩的遊戲中，被公認爲最難抽到的期間限定角色。

戴著紅薔薇花冠，穿著大紅色禮服，手腳纏繞荊棘的金髮少女，如今就出現在他的手機螢幕上。

毛茅高舉著手機，猶如舉著他的勝利火把。

「我之後要發臉書，還要標註社長！」毛茅愉快地說，「是紅薔薇聖女，紅薔薇聖女耶！號稱稀有度超超超級高、抽卡率超超超級低，我待會絕對會順利拿下很多分數的！」

「嘖，被一堆花包圍的女人有什麼好稀罕的？」黑琅才不承認他在嫉妒一個平面人物，能奪得自家鏟屎官的所有注意力。

這還是他頭一回看見毛茅對抽到的角色投入那麼多關注。

沒有滑順泛光的皮毛，也沒有漂亮的長尾巴，那個什麼聖女比得上他嗎？完全比不上嘛！

抱持著濃濃嫉妒，黑琅決定等等半小時內都不要化成武器支援毛茅。

不，還是十五分鐘好了。

等等，十分鐘感覺才是正確的決定。

在黑琅內心劇烈活動的同時，毛絨絨也飛到毛茅身邊，湊近看看那位紅薔薇聖女。

毛絨絨發出了極爲失望的嘆氣聲，「唉，胸怎麼不平呢……」

那麼大，一點美感都沒有，手摸上去還無法完全掌握……嗚嗚，遊戲製作組怎麼都不出一些胸很平的美少女角色呢？

毛絨絨失落地吐出一口氣。

毛茅的心裡其實也有一咪咪失望。雖說紅薔薇聖女的稀有度超級高，但胸部……唉，不夠大啊。

眞希望製作組能聽到玩家的心聲，他都寫N封信給製作組建議了，期待有一天能抽到胸前超超雄偉的成熟大姊姊呢！

黑琅才不想管自家鏟屎官和那隻又蠢又醜的鳥在想什麼，他伸了伸懶腰，把自己圓胖的身軀拉長——假如有人見了，肯定會讚歎起他驚人的延展性。

不到半晌，毛茅就又提起精神。他看著手機螢幕上宛如在閃閃發亮的紅薔薇聖女，一雙微挑的大眼睛不禁跟著閃亮起來。

這麼罕見的角色他都能抽到了，這就絕對百分之兩百表示……

接下來的收穫肯定是滿滿滿！

信心滿溢的毛茅手一揮，「大毛、毛絨絨，走了，上工啦！」

飽含朝氣的澄亮嗓音猶在林間迴盪，那抹瘦小身影已如同離弦之箭，「咻」地閃身進入山林的更深處。

運氣似乎也是站在毛茅這一邊。

紫髮男孩一路上順利地看到不少黴斑，和從孢子囊初誕生的污穢。他沒有讓緊跟身旁的大黑貓化爲武器，而是先召出了自己的仿生契靈。

「毛茅！爲什麼不用朕！」黑琅氣急敗壞地怒吼。

「當然是要先鍛鍊一下我用劍的準頭啊，這樣我就能成爲一手使劍、一手用鞭的雙刀流啦！聽起來是不是很酷！」毛茅暢快的大笑落在枝葉間、陽光下、土地上。

他就像一陣凶猛又疾迅的旋風，長劍在他的運用下顯得靈活自如，彷如活物。凡是他所經之處，一隻隻駭人怪物皆被他的劍勢砍得支離破碎。

晶砂不斷在樟木林內傾洩而下，像一道道發光的瀑布。

「清一清」累積的分數迅速往上跳。

越跳越快。

越跳越多。

毛茅身影快如閃電，在樹木間穿梭跳躍，一貓一鳥緊追不放，不曾落下速度。

劍光閃爍，又是一隻似魚的怪物被擊中核心，眼洞裡的蒼白火焰驟然熄滅。

雖然有幾次還是失了準頭，導致攻擊落空，但全然不影響毛茅狩獵的興致。他情緒高亢，金眸似猛獸灼亮，笑容歡快，拉出的弧度裡是滿滿的野性。

劍光密集如驟雨，將眼下忽然冒出的另一隻污穢摧毀得粉碎。

醜陋的怪物轉化爲璀璨的晶亮砂子，「嘩啦嘩啦」地流下，夾在其中的紫髮人影俐落地跳了下來，穩穩落地。

毛茅一個深深的呼吸，抬手抹去額角沁出的汗珠。

「毛茅好棒！毛茅超棒！」毛絨絨賣力地爲毛茅鼓掌，用他短短的小翅膀。

「朕的鏟屎官本來就棒，還用得著你這沒帶大腦的鳥來說嗎？」黑琅傲慢地睨視一眼，眼中是說不出的驕傲，就像老父親在炫耀自己的兒子。

毛茅看著「清一清」裡的分數，基本分是達到了，就不知道和其他人一比是怎樣的成績。

毛絨絨的鼓掌告一段落，他站在毛茅的肩頭上，黑豆子似的眼睛滴溜轉動。

倏地，他眼睛大亮，憑他敏銳的眼力，他看見了——

有人在前方！

還是一個貧乳的小姊姊！

剎那間遭到魅惑的雪球鳥一拍翅膀，飛離了紫髮男孩。

「毛絨絨？」毛茅轉過目光，接著也望見那抹在樟木林中悠遊漫步的纖細人影。

那是個留著中長髮的女孩子，胸前很平——不能怪毛茅，這個喜好讓他下意識都會先往特定部位瞄一下——身上穿的不是山莊人員的制服。

那是普通人？或是人形污穢呢？

毛茅猜測著，腳步沒停下，跟著毛絨絨的飛行軌道走上前。

黑琅咂咂舌，尾巴一甩，還是亦步亦趨地跟了上去。

毛絨絨全然忘了上一回貿然飛向他人後，被人帶回家關在籠子裡的教訓；此時此刻，他的眼中只剩下那對他來說有如在發光的聖地。

那裡流淌著甘美的牛奶與蜂蜜……毛絨絨如此堅信著。

可就在毛絨絨一頭撲進少女胸前的瞬間，少女的身子傳來猛烈的震動，像是被這突然衝來的小東西嚇到了。

毛絨絨以爲接下來應該是少女發出驚喜的叫聲——「哇！好可愛！怎麼有這麼可愛的小鳥啊！」

卻沒想到……

前一秒還是普通少女，下一秒她的皮膚突然繃裂，一道道像是蜿蜒河流的裂縫遍布在那身牛奶白的肌膚上。

毛茅開啓中的「清一清」跳出了警報。

是人形污穢的波動！

毛絨絨這一撲，竟是撲到了清運場中的人形污穢！

「幹得好啊，毛絨絨！」終於遇上兩日來的第一隻虛擬魔女，大大的「開心」兩字就寫在毛茅臉上。

「該換朕出場了吧？快點用朕啊！」黑琅連聲催促。

「忍耐是種美德啊，大毛。」毛茅還沒生起換武器的念頭，他提著長劍，迎著逐漸褪去人類外貌的魔女跑了過去。

毛絨絨在少女變身過程中從那平坦的胸前滾了下來，滾到地面上，正好被毛茅彎腰一手撈起，再扔向了黑琅那方。

很不想接住那顆雪球的黑琅，心不甘情不願地以尾巴接殺成功。

另一邊，少女已完全蛻變爲怪物。

巨大的彎角，覆滿全身的尖刺，還有讓人想到馬蹄的六隻腳，中間碩大的腦袋像是扭曲的兔子頭；胸口處撕裂開，露出一張僅有雙眼的少女面孔，蒼白色的焰火立即於深凹的眼洞裡面點燃。

人形污穢看也不看在場唯一的男孩，它忽地朝四周嗅了嗅，緊接著邁動六隻腳，轉身奔向了與毛茅他們相反的方向。

毛茅曾聽時衛說過，清運場內的諸多細節都很逼眞——像是污穢會自動奉獻上自己，好成爲人形污穢的養分；或是人形污穢也會發出蠱惑人心的耳語。

他只是沒想到……

居然連人形污穢總是對他視若無睹，彷彿嫌棄他一點也不美味的態度，百分百還原！

「哇喔……莫名地讓人感到火大耶。」話聲陡落，毛茅出其不意地動手。

劍光似疾雷，轉瞬間在魔女身上留下了數道深深的傷痕。然而應該被激怒的敵人卻像是沒有感覺，任憑鮮血直流，一頭栽入了另一端的樹林中。

毛茅提著自己的仿生契靈追了上去，片刻之後豁然開朗。

怪不得魔女會毫不遲疑地跑往這個方向，因爲這個地方有更美味、更吸引它的存在。

時玥雪。

同樣手持華美長劍的白金髮少女捕捉到斜後方的動靜後立刻轉過身，微縮的瞳孔倒映入魔女駭人扭曲的形影。

她端著溫雅大方的笑容，踏出的腳步不疾不徐，優雅得有如正要赴一場茶會。但下一秒，她的身形從原地消失。

再出現時已在魔女前方！

時玥雪的笑容連一絲角度都沒有改變，彷彿她面對的並非是駭人的怪物。

怪物胸口處的少女面孔發出了刺耳的嘶吼。

時玥雪的劍尖動了，她的攻擊有若一場狂風暴雨，兜頭灑向了魔女。

卻沒料想到魔女在劍雨襲來的前一剎那，冷不丁又轉了個方向。

「咦!?」追出來的毛茅驚訝大叫。

還沒經過變聲的清亮聲音引起了另一人的注意，很快地，被綽綽樹影遮覆的某個方向，傳來了細微的騷動。

「毛茅？」一抹高挑身影霍地從後方出現。

是高甜。

與時玥雪相比毫不失色的黑髮少女，即使見到轉向自己的猙獰怪物，也未曾變了表情，那張雪白美麗的臉蛋幾乎找不出情緒起伏的波動。

唯一有的，是見到好友的愉悅。

那雙黑曜石般的瞳眸比平日還要明亮。

在兩個散發誘人香氣的獵物中，魔女毫不猶豫地選擇了氣味更濃厚誘人的那位。它低伏下頭顱，像頭發狂的鬥牛，加速衝向高甜，胸口處的少女正歇斯底里地嚎笑。

時玥雪不在意現場又出現了誰，她的目標只有那隻踩踏著六蹄的魔女。她幾個踏步就拔起身影，凌厲的劍尖眼看就要送入魔女體內。

「高甜！那是毛茅的！那是毛茅的獵物！」毛絨絨拍著翅膀，尖聲高喊，「是我們一開始先發現、先攻擊的！」

「變成人啊，白痴！」黑琅壓低音量，高高跳了起來，一掌將毛絨絨拍下去。

毛絨絨在地上狼狽地滾了一圈，一爬起就變爲如雪花與棉絮堆積出來的白髮少年。

聽見毛絨絨的喊聲，高甜當機立斷出手。她的速度比時玥雪還要迅猛，六花一出，像六束流星俯衝向時玥雪，不只干擾了對方的攻勢，更是箝制了對方的行動。

獲得空隙的毛茅馬上把握機會，仿生契靈直直朝著他直覺是核心的位置狠狠捅下。

今天抽到了紅薔薇聖女，他的運氣鐵定是超好的！

就如同毛茅所預期的，長劍勢如破竹地擊碎了魔女的「心臟」，結束了這一切。

眼見大勢底定，時玥雪輕彈了下舌尖，收回自己的長劍。

高甜的六花也不再環繞於時玥雪周邊。

毛絨絨跟著黑琅跌撞地跑出來的時候，見到的就是毛茅帥氣地一甩劍尖，腳下的發光湖泊逐漸消逝。

積分，入手！

第五章

今晚不管是榴華除魔社或是蜚葉除污社，幾乎全體人員都聚集在一塊了。

充滿溫馨感的迎賓大廳裡，一群人或坐在椅上，或盤腿坐在幾何圖形的編織地毯上，無數道目光皆匯集在同一個地方。

攤開在眾人正中央處的桌遊。

起因是木花梨的一句話。

「機會難得，既然大家都聚在一起了，那麼不如來增加對彼此的認識，促進兩社之間的感情，我們來玩桌遊吧！」

笑顏甜美動人的橘髮少女一拍手，貢獻出了她的珍貴收藏——冥王星寶寶桌上遊戲。

除魔社的支柱一開口，毛茅、高甜、白烏亞、黑梟自然無異議加入。

時衛宣稱他們四人就是他的代表，他的精神會與他們同在，就抱著自己的手機，窩到旁邊玩起手遊。

椅子組的都是沒有參加遊戲的人。

除了時衛以外，還有化為人形的毛絨絨、黑琅，以及在旁仔細留意黑琅需求的海冬青。

不管黑琅想喝茶或吃點心，海冬青都會及時送上。

毛絨絨有些羨慕黑琅有這麼一個崇拜者，但想想那是身高一百九的大男人，又不是漂亮而且香香軟軟的女孩子，他三秒後就收起羨慕的心思，轉而熱情地為毛茅加油打氣。

「毛茅加油！你一定可以第一名的！」毛絨絨雙手圈在嘴邊，開心地喊。

胡水綠沒興趣陪一群小朋友玩，揮揮手便逕自上樓，回房間去敷面膜了。他的美貌也是得要好好保養的，萬一哪天親愛的嫌棄他皮膚變粗了怎麼辦？

一想到這裡，胡水綠可是怎麼也坐不住了。

雖說蜚蕖的兩名女孩子也是這一次才算和榴華除魔社的人正式接觸，但木花梨和毛茅都是擅於帶動氣氛的人。

就算不到熱火朝天，但一群高中生之間的相處也稱得上融洽。

毛茅一邊叼著洋芋片，在還沒輪到自己的時候，視線隨意地往四周轉。安石榴和時玥雪就坐在他的斜對邊，兩人的舉動清晰可見。

毛茅忽地發現到，那兩個有幾分相像的少女，有些小動作竟然一模一樣。

時玥雪和安石榴在喝茶時，會雙手捧著杯子，但右手食指會不自覺地微翹。

時玥雪和安石榴在吃水果時，會先選擇盤子最邊邊的那幾塊。

時玥雪和安石榴思考遊戲的下一步時，會微歪腦袋，手指虛虛地敲點。

時玥雪和安石榴還會……

如果她們同時做出某一個動作，乍看下，簡直像鏡裡鏡外的鏡像照。

這是巧合嗎？抑或是……誰模仿了誰？

這個念頭在毛茅心中轉了一瞬，就像小石子投入水裡，激起細細的一圈漣漪，旋即隱沒，沒有留下太深的痕跡。

時間不知不覺就這麼過去。

安石榴掩嘴打了個呵欠，率先決定離席，「不好意思，我有些累了，想先去休息……你們繼續玩。」

「有哪裡不舒服嗎？」時玥雪關心地問。

「就是覺得身體比較重，有些悶悶沉沉的。」安石榴描述著自己的幾個小症狀，「我猜可能是有點中暑了……沒事的，通常我睡個覺就好，那就先晚安了。」

「石榴，要是明天還是覺得不舒服，記得跟我說一聲。」見安石榴往樓梯走，木花梨出聲提醒，「不要悶著不說出來喔。」

目送安石榴上樓，木花梨轉頭，也沒忘記對大廳裡的眾人諄諄交代，「大家也要多注意一點，這幾天氣溫比較高，就算待在山裡，還是有可能會中暑的。我今天和黑梟去鎮上的時候，就有阿姨告訴我，鎮上這陣子也常有人中暑暈倒。」

「中暑會有怎樣的症狀啊？」身爲一隻鳥，毛絨絨從來不曾中暑。他不解地問，話一出口又心覺不妥，趕忙替自己的話做了修飾，「呃啊……因爲、因爲我向來身體好，都沒有中暑的經驗嘛。」

大廳裡還有時玥雪在場，她還不知道毛絨絨非人的身分。

毛絨絨一點也不想因自己的無心之言，在時玥雪面前露餡。

但毛絨絨的擔心顯然是多餘的。

時玥雪並沒注意到哪裡奇怪，她虛心向木花梨求教，「學姊，如果中暑的話，可以喝點什麼或吃點什麼嗎？」

「可以溫水加一些鹽巴，或是喝運動飲料補充電解質。」木花梨曾查過資料，「當然，假如很不舒服的話，最好去看一下醫生。」

「好的，謝謝學姊。那我去拿瓶運動飲料給石榴好了，我記得冰箱有。」時玥雪向木花梨道過謝，便匆匆起身前往廚房。

木花梨沒忘記毛絨絨的問題，她溫柔一笑，「中暑的症狀似乎每個人都不太一樣，通常會頭暈、胸悶，有時候會想吐……像我今天在銅芽鎮上聽到的，她們都是差點暈倒、精神不濟，這些天都感到昏昏欲睡。希望石榴的狀況不會演變成那樣呢……」

說到後來，木花梨也忍不住將擔憂的目光投往樓梯方向。

畢竟身體一旦有狀況，那麼在這場特殊訓練中就會處於劣勢，難以獲得高分、成爲第一名了。

木花梨猜想，安石榴應該也有想要實現的願望吧。

「各人的身體各人顧好。」時衛散漫地開口，「花梨，不要太把自己當成這群小朋友們的保母了，他們又沒付錢給妳，妳沒有那麼多的義務幫別人。」

「關心學弟妹們是理所當然的啊，社長。」木花梨好聲好氣地說，不在意兩人的觀點不同，「當然不只是學弟妹，像你和烏鴉，我也都很關心的。所以我決定了！」

時衛心中無來由冒出不祥的預感。

木花梨朝他綻放出嬌美的笑顏，「明天一樣是苦瓜湯，還會有苦瓜炒蛋喔。」

這下子，時衛的臉綠了。

而本來只是在旁觀戰的毛茅、毛絨絨和黑琅，則是臉都要白了。

爲什麼明天又是苦瓜啊啊啊！世界爲什麼會有這麼可怕的蔬菜存在啊！

今晚的苦瓜和預計明晚也會出現在餐桌上的苦瓜，讓毛茅作了一個嚇人的惡夢。

夢裡，他本來開開心心地徜徉在洋芋片海中，只要一張嘴就可以咬下身邊的洋芋片，各種口味任君挑選。

卻沒想到下一秒，洋芋片無預警地通通變成了苦瓜。

翠綠或白玉般的苦瓜大軍追著他四處跑，最後通通跳了起來，把他重重埋在底下。

就在毛茅以爲自己會被一大堆苦瓜壓死之際，他陡然醒過來了。

原來是作夢啊……毛茅張大眼，夜視力極佳的他一眼就看見正上方的天花板，連帶也想起自己此時身處何處。

他在時芽山上的時芽山莊內，參加一場兩校聯合訓練。

說是兩校聯合，但蜚葉那方實際上只有三人參加，人數應該連他們社團總人數的十分之一都不到。

依照胡水綠的說法，這回只是先讓蜚葉的幾個人過來陪練而已。

至於他們榴華這邊，則是全體動員，只是有兩位至今尚未露面。

毛茅都要開始懷疑，該不會等升上二年級，他還是沒機會見到傳聞中的項冬和項溪。

他們兩人可眞神祕啊。

任憑腦中思緒胡亂轉了一圈，總算完全擺脫苦瓜帶來的驚悸感，毛茅抬起頭，看見自己的肚子上被一坨龐大的「黑漆漆」佔據著——那正是讓他夢到被苦瓜滅頂的眞正原因。

渾然不知自己讓自家鏟屎官作了惡夢，黑琅兀自睡得香甜，打著呼嚕。

以社員家屬身分前來山莊的黑琅和毛絨絨也有各自的房間，但他們就是特別喜歡窩在毛茅這間。

毛茅沒意見，只要求他們變回動物型態，他才不想跟兩個大男人擠在同一張床上呢。

被惡夢和黑琅的重量這麼一驚擾，毛茅頓時也沒了睡意，他瞄了下時間。

凌晨快一點。

毛茅將棉被俐落輕巧地一掀，黑琅連同被子落到床的另一邊，依舊呼呼大睡著，沒有察覺到動靜。

佔據一整張沙發的雪球鳥發出囈語，喃唸著「我愛貧乳」。

一時半刻間也睡不著，毛茅乾脆輕手輕腳地離開了自己房間。

主館內的燈光大部分都暗下，只有樓梯口還亮著壁燈；走道上的照明則是感應式的，有人經過才會跟著亮起柔和的光芒。

毛茅心血來潮想去山莊外走走。

他還不曾在夜晚時分仔細看過時芽山。

時衛訂下的規則是——晚上九點後至隔日凌晨五點前，禁止進入清運場打污穢或刷黴斑。

換句話說，不是打污穢或刷黴斑，而是單純進入山裡走逛的話，就沒有問題了吧？

況且，他也不會眞的深入森林裡，頂多是在邊緣繞一繞而已。

喜歡危險冒險是一回事。

無端讓人爲自己擔心，那又是另一回事了。

這點分寸，毛茅還是知道的。

主意打定，毛茅毫不心虛地鑽著規則的漏洞，利用自己敏捷的身手，在無人發覺的情況下偷溜到山莊外。

被籠罩在夜色裡的山林，好比是驚人的龐然大物，似乎隨時會因爲一點驚擾而醒過來。

毛茅將手機當成手電筒，選擇來到山莊後方的森林。他之前就注意過了，這處林間裡有長期被人踩踏而形成的一條路徑。

他想要沿著這條路去看看。

或許是時芽山被設定爲清運場的關係，山裡鮮少見到野生動物，更別說是深夜時分，簡直靜得針落可聞，其他丁點聲音都會因寂靜而顯得格外明顯。

毛茅聽到了水花的聲音，似乎有什麼在撥動著水流，才激發出這份響動。

好奇心驅使著毛茅一路追尋著聲音而去。

越是往深處靠近，水聲就變得越發清晰，甚至連空氣裡的濕度也跟著明顯增加。

經過重重樹影之後，毛茅發覺前端飄出一團團的白氣，在幽黑的森林內宛如誤墜下來的雲朵。

他心念一動，想到了昨晚泡的露天溫泉。

該不會……這地方也有溫泉？

下一刻闖入毛茅眼中的景象，證實了他的想法無誤。

時芽山莊的後山原來有一條溪流流淌經過，其中靠岸邊的一處彎曲位置，用許多石塊錯落有致地堆砌圍成了一個天然浴池。

溪水潺潺流過，沖刷過岩石，激出了泠泠的音響，在深夜裡像被放大了數倍。落下的月光則被不斷湧動的水面撕扯得破碎，像灑了一層光屑在上面。

只有石池附近的溪水湧冒出更大量的淡白色煙氣，飄散至一定的高度後又逐漸散逸……

而在岩池裡，赫然有條人影正背對著毛茅。

毛茅吃了一驚，他還以為無視規定偷溜出來的人只有他，沒想到……

在夜間泡著溫泉的人影，有著在月夜下彷若會閃閃發光的白金色髮絲。那頭長髮簡單地盤了起來，沒有被水浸濕。她的大半身軀都浸在水中，露出了姣好圓潤的肩頭。

距離岩池不遠處，整齊地疊著衣物、鞋子和雪白毛巾。毛巾底下似乎覆蓋著什麼，顯得鼓鼓的。

這距離足以讓毛茅清楚地辨認出，半夜跑出來泡溫泉的人是時玥雪——除了白金色的頭髮足以說明她的身分之外，另一名相似身影的安石榴不可能對山莊周邊的環境如此熟稔，知道這個隱祕的地方還藏有一處天然溫泉。

他打算在被人發現之前，安安靜靜地退離這個地方。一來，他不想被另一個人知道自己有溜出山莊。二來，他更不想被人認定是偷窺女孩子洗澡的變態。

毛茅對自己的身手很有自信，他可以迅速又無聲地離開此地，尚在泡溫泉的時玥雪什麼異狀都不會察覺到。

只是他萬萬沒想到，泡在水裡的人影竟然在這個關鍵時刻——驀地轉過身了！

這瞬間，池內和池外有如被按下了靜止鍵。

時間停住，白金髮少女和紫髮男孩也各自僵住。

大半身子猶泡在水裡，素來應對完美，總噙著高雅笑意的時玥雪，這兩天以來頭一次露出了震愕的表情。她瞪大一雙桃紅色美眸，嘴巴微張，目瞪口呆地看著不該出現在這裡的人影。

毛茅的反應比時玥雪快得多，在對方還未回神前，他已飛快旋過身，岩池旁的衣服強烈地提醒他溫泉裡的少女是裸著的。

非禮勿視啊！

似乎被毛茅轉過身的動作驚回了神智，時玥雪不自覺地屏住呼吸，終於慢一拍意識到眼下發生了什麼事。

那個紫頭髮，叫作毛茅的男孩子，他看見了……

自己此刻的模樣……肯定是被他看見了！

下一剎那，驚愕褪去，取而代之的是冰冷凌厲的，敵意！

「爲什麼你會在這裡！」強烈的驚怒衝上腦門，燒去了時玥雪該有的理智，她想也不想便起身大喝，「藍魘！」

什……聽見響動的毛茅被迫快速地再扭過頭。

即使再怎麼迅速挪開視線，他仍是瞥見了少女雪白如玉的身軀，以及手肘以下——空蕩一片的左手。

驚疑湧上毛茅心頭，礙於時玥雪未著衣縷，他無法直視著對方，但停留腦內的景象確實在告訴他——

時玥雪眞的沒有左手。

可是，怎麼會……毛茅記得清清楚楚，在這一刻前他所遇上的、看見的時玥雪，分明雙臂完整。

從毛茅驚見時玥雪的斷臂，到他腦中的疑問糾結成一個大毛線團，只經過短短數秒。

然後，毛茅果斷地踢開謎團。

一切只因爲在時玥雪的那聲呼喚落下不久，離他不遠的白毛巾底下就竄出了一抹疾影。

毛茅不得不讓視線跟著那影子而去——他很努力地讓眼睛不要瞄到不該看的地方——他看

見那抹銀色的影子在時玥雪的右手中化作武器。

那是契靈！

與時玥雪纖細美麗的外貌截然不同，被她緊握在手的，是一把凶氣四溢的大柴刀。刀身像由造型特異的多枚刀片嵌組而成，刀柄位置附著金耀的齒輪。

怎麼回事？

既然時玥雪契魂已經成熟，能夠使用契靈，爲什麼又要在和污穢戰鬥時使用仿生契靈？新的疑惑掠進心底的同時，毛茅睜大眼。

白金髮少女提著柴刀自水裡一躍而出，竟是朝著他揮劈過來。

換作是平常，毛茅可以即刻閃避，然而現在並不是平常。

紫髮男孩不但沒有如時玥雪預想中的防禦或是反擊，竟然是手摀上眼，迅速轉過身大叫。

「等一下！衣服……請妳先穿上衣服啊！」

時玥雪第一時間還沒意會過來這句話的含意，直到她眼角餘光覷見了擱在石頭上的衣物。

時玥雪瞳孔收縮，她的上衣和裙子在那裡的話，豈不代表著……

時玥雪猛地反應過來自己身上是光著的，這個認知反倒讓她的怒氣迅速冷卻下來，她以最快速度套上衣物，穿好鞋子。

或許是紫髮男孩過於稚氣可愛的外表，讓她沒有感覺到對方是一名男性，而且比起自己泡澡被人窺見，她更在意的是另一件事。

「你可以轉過來了。」時玥雪說。

毛茅鬆口氣，依言轉過身。

穿好衣服的時玥雪就站在毛茅正前方，一身乾爽。和一般女孩子面對被看見裸體的慌亂不同，她甚至還有餘力將自己打理得更好。

那張美麗的面孔依舊笑意全無，覆著寒霜，眼眸也不再柔和，就像是將一直隱藏得很好的稜角不客氣地展現出來，銳利割人。

時玥雪在月下站得筆挺，那偏淡的髮色、膚色，還有那轉為冷冽的氣質，讓她看起來有若月下的皎皎白雪。

她披著薄外套，左袖位置顯得特別空蕩，明眼人一看就能知道她少了一截手臂。

「你看到了？」時玥雪舉高右手的柴刀質問。

毛茅馬上高舉雙手，嚴正地發誓，「沒有沒有，妳沒穿衣服的樣子我眞的沒看見，我可以用我的洋芋片發誓！」

時玥雪的柴刀又往前逼近一分，「我不是指那個……我的契靈、我的手，你看見了對不對？」

毛茅歪了歪腦袋，忍不住露出無辜困惑的表情，「呃……現在我不看見也很難吧？」

柴刀型態的契靈就正對著他，時玥雪又站在他面前，除非他瞎了，否則不可能看不到。

時玥雪似乎也明白到自己的語誤，她臉色一沉，柴刀放了下來。

「請問我可以回去了嗎？」毛茅問，要是大毛或毛絨絨忽然醒來，發現自己不在房內，絕對會引發一場鳥飛貓跳的騷動。

然後整棟主館估計都會被吵醒。

再然後，毛茅可以篤定自己會上學長姊的黑名單的。

毛茅不希望自己接下來的這幾天，餐餐都得吃苦瓜——木花梨肯定會笑靨如花，毫不手軟地執行這項政策。

「回去？」時玥雪像是沒想到紫髮男孩的第一個問題會是這個。

「對啊，回去睡覺，都半夜一點多了。」

「你就沒有任何想問的嗎？」時玥雪開始懷疑對方是遲鈍，還是眞的不帶好奇心。

正常人不都會緊盯著自己的斷臂處不放嗎？尤其她之前兩隻手臂明明是完好的。

該說不愧是兄妹嗎？兩人的問話方式都差不多。毛茅想到的是昨晚在二館和主館間的走道上，他和時衛的那段談話。

時衛當時也是扔來一句：沒有任何想問的？

時玥雪的眼神像是非得等到一個明確的回答，毛茅的目光落至了她右手持拿的武器。

「妳的契靈很好看，妳的身手也很厲害啊。」毛茅說的是眞心話。方才姑且不論時玥雪是否光著身子，那一記猛擊就算他能躲過，但應該也不會太輕鬆，「幸好妳剛剛沒有眞的削過來，否則我就要變得更矮了，那可不好。」

「貿然對你發動攻擊是我的錯。」時玥雪爲自己的舉動道歉，「我不該對客人做出這種事的，我應該直接把色狼踢飛出去。」

「等一下！我不是，我沒有，我眞的什麼也沒看到！」毛茅堅定地捍衛自身清白，「唔，好吧……其實有看到妳的手。」

「然後呢？」

「然後就被妳攻擊了。」

「我是問，然後你的感想呢？」時玥雪讓自己的契靈化爲光點，鑽至她的袖子裡。轉瞬間，一隻潔白與常人無異的手臂出現。她的語氣破天荒地咄咄逼人，就像自虐般地非要得到一個回答不可，「我的手、我的契靈！」

對於她左手的憐憫或是恐懼。

「我剛說了啊，妳的身手很好，契靈也很好看。」毛茅重複一次。

時玥雪緊緊鎖定毛茅的雙眼，試圖從眼神中捕捉到一絲異樣或游移。可那雙金眸太過坦率，即使是看向她的左臂，也是自然率直，沒有任何閃爍或是緊盯著不放。

他看她左手的模樣，就好像那只是再普通不過的手臂。

明明……她都讓他親眼看見了，她的左手原來是契靈所化作的義肢。

時玥雪身周環繞的冷氣消散不少，面容線條又恢復往昔的柔和，除了唇邊不復見親切的笑意。

但比起剛才的冷意，已經好上很多。

「妳也早點回去睡比較好。」毛茅真誠建議，「太晚睡對皮膚和健康都很不好呢，還容易長……」

看了看身高直逼一百七十公分的白金髮少女，毛茅把剩下的不高吞了回去。

人家不用再長，都比他高了十幾公分啦！

「奇怪的小孩子……」時玥雪喃喃。

「我十六歲了，跟妳一樣大。」毛茅聲明。

「都是高一，但我十七歲。」時玥雪的語氣流洩出一轉即逝的得意。她還特意瞄瞄毛茅的身高，這個小動作讓她在這一刻流露出符合她年紀該有的稚氣，「不想我跟哥哥說你偷看我洗澡的話，就陪我一起走回去。」

毛茅無聲大嘆，誰知道一時興起的夜遊，會惹來這場無妄之災呢？

一高一矮兩道身影，結伴走回時芽山莊。

時玥雪原本以爲這趟路上，毛茅大概會憋不住，對她化爲義肢的契靈問東問西，就像她小時候經歷過的那些一樣。

結果她等到的是……

卡卡卡卡卡。

紫髮男孩沿路吃著洋芋片的聲音。

時玥雪不可思議地看著他，「你把洋芋片藏在哪裡的？」

「祕密唷。」毛茅朝她眨了眨眼睛，大方地把洋芋片袋往她推近一點，「要吃嗎？可以分妳十片。」

「不，八點過後我通常不吃東西的。」時玥雪拒絕，「更不用說零食大多都是不健康的。尤其是你挑這麼晚的時間吃，那只會替你的身體帶來負擔，高熱量、高鹽分、消化不良。」

「洋芋片不一樣，它是零食界的寶物。」毛茅嚴肅地說。

「那也還是零食。」時玥雪一針見血地指摘，「垃圾食物。」

毛茅選擇充耳不聞，誰都不能對他說洋芋片的壞話。

深夜的山路上，又再度響起清脆的卡卡聲。

毛茅吃得歡快，時玥雪聽得焦躁。她深吸一口氣，終於自己憋不住了。

「你就不覺得很奇怪嗎？我的契靈……」時玥雪停頓了下，「是以那種方式存在，它成爲我的手。」

毛茅舔舔指尖上沾上的洋芋片粉，認眞地問道：「要說奇怪的話，我反而覺得另一件事更奇怪呢。」

「另一件事？」

「爲什麼很多人都喜歡這麼問人……舉例來說好了，就像妳和社長都會問我，你沒有別的想問的嗎？你不覺得奇怪嗎？可是啊，你們是眞的想說出來嗎？」

這冷不防拋出的反問，讓時玥雪一時愣怔。

毛茅也不管她，「不想說出來就不須要說，但是也請別硬要從我身上得到回應啊。相反地，要是想說的話，我也很願意聽。」

交流是雙方的。

但在不會回答的前提下，又非問人問題不可。在毛茅看來，何必呢？不如把時間留下來好好吃洋芋片吧。

時玥雪從來沒被人如此反詰過，足足有片刻都尋不著自己的聲音。

毛茅頓住了一下腳步，朝比自己快高半個頭的少女露齒一笑，「妳想說我就聽，妳不想說我也不會問，很簡單對吧？」

男孩的笑容彷彿要晃花了時玥雪的眼。

眼見毛茅又往前走，時玥雪快步跟上。她告訴自己剛剛覺得有亮光閃過，一定是自己的錯覺。

現在是三更半夜，毛茅身上又不會發光。

要不了多久，時芽山莊就出現在眼前。

認定自己完成陪走任務的毛茅加快速度，急著跑回自己房間。

身後卻有一道聲音喊住了他。

「等一下。」時玥雪說，「你還沒陪我走回主館。」

「已經到山莊啦。」毛茅指著剩不到幾十公尺遠的大門。

「我要跟哥哥說……」時玥雪彎起柔煦的笑，她話語未盡，毛茅就自動舉起雙手投降。

他可以用良心、洋芋片，還有大毛的肥肉發誓，自己是真的沒看到什麼，可也無法否認他的確誤闖至女孩子泡澡的場合。

「走到主館就可以了吧？」毛茅確認，他不想等等又冒出一個走到○○的要求。

「以時家的名義發誓。」時玥雪給出保證。

毛茅默默祈求，自家的兩隻寵物千萬不要在這時候醒過來，不管是大毛或毛絨絨都一覺睡到天亮吧。

兩人回到山莊，時玥雪走路的速度比先前還要悠緩，像是將這趟路程當成了夜間的散步。

毛茅忽然聽見時玥雪開口。

「我的左手……是在十五年前因爲意外失去的。」

十五年前，這個數字讓毛茅敏感地想到了——

「榴華分部的污穢暴動，我想你也聽過，你們都見過不可碰之書的複刻本了。」時玥雪輕聲細語地說，「意外就是在那時候發生的，我的契魂也是在那之後成熟的。我失去我的左手，然後我的契靈自動模擬爲手臂的外表，成爲我的義肢。」

毛茅安靜聆聽。

「我只記得自己是去找媽媽，她當時在那工作，然後就不記得發生什麼事了。醫生說這是驚嚇過度造成的部分失憶，分部也沒有留下騷亂發生時的影像，很多東西都被破壞了。家裡試過讓我使用其他義肢替代，但最後都比不上藍魘——我的契靈契合便利。」

「至今那麼多年過去，藍魘等於是我身體的一部分，只有在睡前和沐浴時，我才會把它拆卸下來。沒想到這一次，偏偏那麼剛好……算了，你都陪我走回來了，那件事也抵銷掉了。你還有什麼想問我的嗎？」

時玥雪側過臉看向毛茅，唇邊的笑意比起剛才更淡上幾分，可也多了一絲剛才沒有的眞心誠意。

「我會……盡量回答你的。就算不行，我也會說不行。」

「白天看到的時候，妳使用的是仿生契靈，那是仿生契靈沒錯吧？」毛茅說。

「對，我不希望原本的模樣被其他人看見，那是一種缺陷。除了我的家人和協會的部分人士外，沒人知道，現在得要加上你了。如果我不用仿生契靈的話……可以拔下自己的手當成武器使用的女孩子，很嚇人的吧？」時玥雪自嘲地說。

「不，我覺得很酷。」毛茅鄭重地回答，「妳使用契靈的時候，看起來威風凜凜。如果再加上仿生契靈一併運用，那麼和污穢戰鬥時，我相信可以攻個出其不意，我覺得這是一個很好的優勢。」

時玥雪愣了愣，她原本沒預期毛茅會回應她隨口一提的那個問題。

可是毛茅的態度非常認眞。

認眞得能讓人感覺到，他是眞心那麼認爲。

時玥雪不自覺地翹了翹嘴角。

悄無聲息地進了主館，時玥雪與毛茅在二樓分開。她靜悄悄地走回自己的房間，連她自己都沒想到，她居然會和一個初認識的人說上那麼多話。

她旋開門把，旁邊的另一扇房門倏地被人打開，從裡頭走出一抹揉著眼睛的人影。

「玥雪……？」安石榴睡意迷濛的雙眼，在看見走廊上的白金髮少女時不由得瞪大，「這麼晚了，妳……」

她訝異地看著還穿著外出服的時玥雪。

「哥哥有事找我。」時玥雪捏造一個藉口，「我們談得比較晚，然後照慣例不歡而散。」

「咦?你們又吵架了嗎？」安石榴緊張地問，「這樣、這樣不好啊，玥雪。」

「別擔心，我們彼此都習慣了。」時玥雪微微一笑，「石榴，妳出來是要……」

「啊，我是忽然醒來想喝熱水的……」安石榴掩口打了個呵欠，「不過現在又不想了……好想睡啊……」

「妳快去睡吧，晚安。」時玥雪說。

「玥雪晚安……」安石榴搖搖晃晃地走回房間，倒回了床鋪上，強烈的睡意讓她的眼皮很快就往下掉。

在雙眼閉闔上之前，她只記得……

兄妹應該要好好相處的……如果說、如果說玥雪沒辦法的話……就換……

第六章

今天是兩校集訓的第三天。

安石榴起得比前兩天還晚，她看見手機上的時間時都嚇了一跳，居然將近中午了！

只是她的吃驚很快又被疲累感覆蓋過去。

安石榴懷疑自己的中暑還沒好，要不然怎會在睡了那麼久後，仍感到身體比平時沉重？腦袋也有幾分量沉沉的，簡直像塊吸了水的海綿……

「真討厭，不是睡個一晚就能沒事的嗎？」安石榴咕噥著抱怨，拖著身體去刷牙洗臉，在鏡中看見的是明顯精神不濟的自己。

用冷水拍了拍臉，她努力讓自己清醒一點，今天要是不出去狩獵污穢，會少很多分數的。

下樓時差點踏空一級階梯讓安石榴驚魂未定地拍了拍胸口。

清醒是清醒了，可也令她意識到，假如以此刻的狀況去狩獵污穢，恐怕被狩獵的人會變成自己。

安石榴衡量了下分數與自身安全，忍痛放棄外出的打算。

她決定去泡個溫泉放鬆身心，剛好也可以舒緩一下緊繃的筋骨。

而這個時間，如同安石榴所想般，露天溫泉裡一個人也沒有。

感覺自己像是包下了整座溫泉，安石榴內心有些竊喜。她緩緩坐入水裡，背靠著岩石，從昨天就纏著她的疲倦好像也跟著消散了幾分……

看著明明是乳白色，但掬起來卻又清澈透明的水從雙掌間逸出，安石榴腦海中不知不覺又躍出一張俊美貴氣的面孔。

她忍不住將身體往水中沉，直到下巴尖都泡了進去，不知道是溫泉的熱度造成，還是自己的臉頰眞的升溫到發燙的地步。

時衛學長……眞的好好看啊……

給人的感覺也是彬彬有禮又溫柔……

可是玥雪好像一直跟學長處不好，他們之間的關係看起來好緊張，好幾次都像是要激烈地吵起來。

對了，昨夜……

安石榴驟然想起來昨夜自己想下樓喝水，卻在走廊上看見晚歸的時玥雪。

根據時玥雪的說法，她和時衛談話談得比較久，最終卻是不歡而散。

「玥雪爲什麼那麼討厭自己的哥哥呢？時衛學長看起來很好的呀……」安石榴自言自語，「對了，學長還說過，他比較想要乖巧聽話的……」

咳噗！安石榴一時沒注意，身體沉得太低讓水淹到了她的嘴巴位置，還不小心喝了一、兩口水。她手忙腳亂地站了起來，拚命咳了好一陣子。

這個小插曲不單打斷她的遐想，連帶也讓她無心再泡下去。她匆匆回到屋子裡，還特別跑去漱了口，才總算覺得心裡舒服一點。

穿好衣服，吹乾頭髮，安石榴抱著自己換下的衣物回到主館二樓。

二樓安安靜靜的，隱約能聽到從一樓傳上來的人聲。

安石榴猜想那應該是山莊內的人，或是榴華除魔社的那位木花梨學姊，社團其他人肯定都在山裡狩獵污穢、刷積分了。

她有些憂鬱地吐出一口氣，腳步不知不覺被走廊盡頭的窗戶吸引過去。

透過明淨的玻璃窗，可以一覽山莊外的景象，大片的翠綠色彷彿鋪天蓋地地佔領人的所有視野。

安石榴的目光從遠處收了回來，盯著山莊大門附近的那塊區域。

雖然知道這個時間點不太可能……可是，還是想看看……

抱持著這個期望，安石榴站在窗前，直到一道嗓音冷不防在她身後響起。

「小雪？」

那道嗓音是安石榴已深深烙印在腦海中的醇厚華麗。

她大吃一驚，下意識繃緊身體，抱著衣物的手指攢得更緊，心跳更加快了蹦跳的速度。

「小雪，妳在這裡幹什麼？」走上樓的時衛看著那抹窗前的長髮人影。日光將那頭髮絲鍍上了一層更耀眼的金亮，而一腳直立一腳微踮的站姿，是他再熟悉不過的。

時玥雪站在窗戶邊時，總會無意識這麼站著。

還有她身上穿的雪紡洋裝，正是他今年送給她的生日禮物。

「小雪，妳今天不去外面刷分數嗎？不打算實現妳的願望了？雖然我是樂見這個發展。」時衛拉長了尾音，讓聲音變得更加慵懶。

輕易便撩動了安石榴的心弦。

安石榴覺得自己就像情竇初開的小女生，深怕自己猛烈的心跳會被身後人給聽見。

「小雪？」沒得到回應的時衛訝異地又喊了一聲。照他們兄妹倆以往的相處，這時候不是該迎來時玥雪綿裡藏針的句子了？

「時、時衛學長……」安石榴害羞地轉過身來，「你認錯人了，我不是玥雪。」

「安石榴？」時衛驚訝地喊出了她的名字，「妳……」

時衛知道這名女孩與自己的妹妹長得相像，他只是沒想到，居然連些小動作也如此一般。

她的站姿，還有她現在仰頭看人的角度，就連微笑的弧度也很像。

差別在於，時玥雪對著自己的微笑是看似柔美實則凌厲逼人；而安石榴朝自己露出的笑容，則是羞怯裡帶著微微的緊張。

而且她身上穿的，是時玥雪也有的衣服。

如果只看背影、衣裙，以及那幾個小動作，時衛一時也難以分辨出……那是自己的妹妹抑或是妹妹的好友。

「妳沒出去？」時衛想到她是妹妹常掛在嘴邊的朋友，多問了一句。

「身體還是有些悶悶的，所以就想說……今天先休息一下。」安石榴將懷中的衣物抱得更緊，試圖遮掩她劇烈的心跳聲，「謝謝、謝謝學長的關心。」

鼓起勇氣喊出對時衛的道謝，安石榴低著頭，急促地邁出步伐。她走路的速度太快，簡直像身後被什麼看不見的猛獸追趕。

這對素來是個萬人迷的時衛來說，是相當罕見的狀況。他若有所思地以手指抵著唇，想著自己難道在這幾秒的時間內變得很嚇人嗎？

他的臉不是最好看的嗎？

時衛側頭看了一眼玻璃窗，模糊的倒影一樣帥。

不，比上一秒更帥了。

那麼只能說，小雪朋友的眼睛可能哪裡出問題了。時衛不由分說地認定了這個答案。他側過身，讓出更大的空間讓像受驚小動物的安石榴通過。

在少女快步越過他的剎那間，他瞥見了那頭淡金色的長髮間隙，白皙的後頸上……

好像有一朵像是花形的刺青？

安石榴以最快速度衝回房裡，捧著臉，發出無聲激動的吶喊。她的文靜都因爲亢奮的心情而暫時被扔到了九霄雲外。

學長……時衛學長關心她……

天啊，這是眞的嗎？

雖然今天身體還是不舒服，沒辦法累積分數，但事實證明……今天沒出門是對的！竟然有機會和時衛學長單獨相處！

就算只有短短幾分鐘，也足夠安石榴回味好一陣子了。

將剛剛走廊上的對話愼而重之地收在心底，當作美好的寶物藏起來，安石榴趕緊坐在梳妝台前整理一頭長髮。

在溫泉更衣室的時候沒有特別打理，誰知道回來後會碰上時衛學長，希望學長不要覺得她看起來有些邋遢，因而留下壞印象。

安石榴仔細地梳著一頭長髮，她希望顏色能再淡一點，就能跟時玥雪更像了；還有眼睛的顏色也再淺一點就好了。

「眞想快點變得跟玥雪一樣呢，要再多加把勁才行啊……」她對著鏡中的自己喃喃自語。

她想著今天要不要稍微改綁其他髮型，把頭髮紮起來好像也不錯？思緒轉動的同時，她的手指也跟著動作。

可到了最後，安石榴還是把綁好的髮型拆掉了。

這種髮型一點也不像時玥雪。

金髮頓時如瀑般散落下來，蓋住了雪白的後頸，也蓋住了一朵從花心漸漸染紅的藍薔薇刺青……

看著擺在眼前的四支手機，再看看旁邊的平板。

面貌俊麗，令人想到高雅貴族的金髮青年雙手環胸，眉頭輕蹙，彷彿爲著某種人生難題而煩惱著。

過了整整十分鐘，時衛終於下定了決心。

沒錯，今天就是它了！

那修長如玉石打造的手指往前伸遞。

時衛一把撈起平板，決定今天就抱著它打遊戲了。這樣不管是木花梨還是他的妹妹，就沒有理由來叨唸他玩一整天的手機了。

他換成平板了嘛。

像捧著寶物般抱著平板走下樓，還沒到達一樓樓梯口，就能聽見人聲從大廳飄了出來。

不是時衛熟知的任何一個聲音。

聽起來奶聲奶氣的，似乎是小朋友在說話。

他們在說：

「早安、早安。」

「是午安。」

「小灰午安。」

「小冥午安。」

「小星也午安。」

等一下，沒有小王嗎？不是冥王星寶寶嗎？這樣湊不起來卡通的名字吧！時衛反射性在內心吐槽，接著揉揉額角，不敢相信自己還眞的對一部幼兒卡通認眞了。

冥王星寶寶，兒童卡通，適合觀看年齡——一歲到五歲。

還是三歲以下？

時衛有點記不得了，他走下最後幾級階梯，毫不意外地看見大廳裡坐著木花梨還有……

「黑梟？」時衛語氣挑揚了下，「妳沒有去刷分數？」

照時衛對黑梟的認知，後者爲了完成願望，應該會賣力地狩獵污穢，好獲得高分。

然而現在的情形看起來……根本不是那麼一回事。

黑梟看上去悠閒得一點也不像是來參加特別訓練的人，她還抱著不曉得哪裡找到的爆米花桶，窩坐在和木花梨隔了一些距離的單人椅中，脫了鞋的雙腳蜷起，目光直勾勾地盯著電視。

對時衛拋來的質問，黑梟過了好一會才慢慢轉過頭，細聲細氣地說：「基本分刷到了。」

「只刷基本分而已？」時衛覺得這可不像黑梟。

社團其他人或許沒看出來，木花梨更是認爲自己被黑梟所不喜，但時衛可是心如明鏡，把一切都看得清清楚楚。

黑梟之前不接近木花梨，是因爲薄荷。

在薄荷退社後，黑梟還是不常接近木花梨，往往雙方碰上了，她就會迅速藏起來。這是因爲——

黑梟太害羞了。

時衛能當上社長，可不只是他手腕高、能力好、長得帥，還有錢。更重要的是，他有一雙善於看穿人際的眼睛。

當初黑梟剛入社，他就知道這名看似陰沉古怪的女孩子，雙眼都黏在木花梨身上了。

黑梟一手抱著爆米花桶，一手往後一摸，掏出了一顆水晶球，「占卜說，我會達成我的願望。」

那幽細的聲音襯著電視中歡快高昂的笑聲，頓時變得莫名陰森。

尤其黑梟又忽地扯出了一個僵硬的笑容，讓那張蒼白的面容好像突然間多出了一抹鬼氣。

時衛沒被幾乎可以去當鬼片主角的雙馬尾少女嚇到，眞正讓他吃了一驚的是她說的占卜。

居然還眞的占出了他之後的打算？黑梟的能力果然不容小覷。

「社長，這個給你吃。」黑梟大方地把整桶爆米花遞向時衛。

時衛瞄了一眼，發現桶子裡根本還是滿的，黑梟大概就只吃了幾顆而已。

「社長，那個滿好吃的呢。」木花梨推薦，「是烏鴉帶來的洋芋片口味爆米花喔。」

時衛不用想就知道，不太吃零食的白烏亞爲什麼會帶爆米花過來……但是幹嘛不直接帶洋芋片過來啊！

時衛暗中發出了和黑琅一模一樣的嘀咕。

「不用了，我不吃。」時衛拒絕了黑梟的強迫推銷，他又不是不知道黑梟不喜歡洋芋片，她只是想把討厭的東西塞給別人罷了。

至於爲什麼討厭洋芋片的她，會抱著那桶爆米花？

很顯然，她只是不願意掃了木花梨的好意。

「社長要不要喝這個？」木花梨舉起自己拿著的鋁箔包飲料，再指指桌上的同款飲料，「我覺得還不錯，是高甜帶來的洋芋片口味奶茶喔。」

時衛沒說話，那張俊俏的面孔瞬間用扭曲嫌惡的表情說明了他的一切想法。

趁木花梨沒注意，黑梟向時衛比了一個大拇指。

那個，眞的好難喝。

無論是高甜或白烏亞，那兩個傢伙幹嘛不乾脆帶洋芋片過來啊！一向懶散不管事的時衛差點憋不住地怒吼。

「那種詭異的洋芋片副產品，我拒絕、拒絕還是拒絕。」時衛用盡力氣地強調著，將自己扔到了專屬於他的座位中。

最華麗的那張椅子，永遠都是他專屬的座位。

像懶骨頭般癱坐在椅子裡，時衛抱著平板，點開了他的遊戲。他今天一定要抽到紅薔薇聖女，他都課了那麼多金了。

「社長今天也不出去嗎？」木花梨柔聲問道：「一直玩手遊不好喔。」

「手遊是指手機遊戲。」時衛舉起他的平板狡辯著，「這是平板，不是手機。」

「唔，這樣講好像也沒錯。」木花梨有點理解般地點點頭，「那麼今天晚餐來炒青椒好了。」

時衛險些彈起背，他討厭苦瓜，也討厭青椒。

「花梨，妳是故意的嗎？」

「怎麼會？青椒健康又營養哪。」

「花梨學姊說的沒錯。」黑梟小小聲地附和，「青椒好吃，時衛你可不要藐視花梨學姊的好意。」

「叫我社長或學長。」時衛投予充滿學長威嚴的一眼。

黑梟視若無睹把視線移到了冥王星寶寶和木花梨身上，她可以同時看電視也不落下花梨學姊的美麗姿態。

三名個性迥然不同的除魔社社員各自做著自己的事，氣氛安寧祥和。

然後，第四道人影到來。

「那個……」以繁複髮辮為自己淺金色長髮作裝飾的少女緊張地說，手上端著放了好幾個杯子的托盤，「我替大家泡了茶，不介意的話，請……」

「謝謝妳，石榴。」記得安石榴昨晚曾說過身體不舒服，木花梨連忙上前接過托盤，幫忙放至桌上，「妳還好嗎？妳今天沒出門，是不是中暑的情況沒好轉？」

「沒事的，已經比昨天好很多了。」安石榴看著時衛伸出手臂，拿起自己泡的茶水，內心頓如小鹿亂撞。當她瞧見那完美的嘴唇碰觸上杯緣，心中的小鹿登時撞得已不知東南西北。

她紅了臉，卻被木花梨誤以為身子仍舊不適。

「妳臉好紅。」木花梨伸手貼上她的額頭，簡單地量著體溫，「沒有很燙，沒發燒。」

「我沒事的，眞的……謝謝學姊關心。」安石榴窘迫地道謝，手指不自在地撥撩著頭髮，「就只是身體還有些悶悶的，比較想睡覺……」

木花梨眼尖地看見那露出的一截後頸上，有枚漂亮的刺青。

「石榴，妳脖子後的刺青好漂亮。」木花梨眞心讚美著。

從花心往外擴散的鮮紅和邊緣的深藍，構成了一朵異色的薔薇花。

安石榴反射性摀著後頸，「啊對，那是我之前刺的……但、但又怕太顯眼，所以才刺在後面。」

「原來是這樣，眞的很好看。」木花梨又誇獎了一次，沒察覺到另一端的黑梟眼裡閃爍出精光。

時衛剛好就對著黑梟，他不想看也得看。秉持著社長多少還是要關照一下學妹的心思——就算這個學妹從來都是連名帶姓地叫他——他低下頭，暫時跳出遊戲，手指戳按著螢幕。

別去刺青，花梨會以爲妳受到什麼刺激。

木花梨體貼地勸安石榴再去多休息，千萬不要勉強自己。怕她不在意自己的身體狀況，她特地舉了銅芽鎮鎮民爲例子。

「聽說那幾個中暑的人現在仍是精神不濟，總是昏昏欲睡的，石榴要多多注意才好。」

安石榴知道自己的確是該再休息，泡過澡後，那股倦怠感像是又重新回歸。她剛才在廚房泡茶時，其實眼皮有幾次都差點往下掉，是客廳裡的男聲讓她奮力打起了精神。

她一步步地離開客廳，走幾步就忍不住回頭向後看，依依不捨的目光逗留在時衛身上。

金髮青年專心地看著平板，絲毫沒發覺到她的離去，更不用說提出挽留。

失望如浪潮般打了過來，安石榴微垮下肩。

木花梨看見安石榴的臉上突然浮現沮喪，但沒持續太久。

長髮少女的眸子霍地又亮出了異樣灼亮的光芒，揚起了淺淺的微笑。

木花梨愣怔，覺得那轉瞬即逝的笑容像極了時玥雪的氣質……

□

青紫色的黴斑在深褐色的大地上不是很顯眼，但毛茅還是銳利地鎖定了它們。

他提著仿生契靈，身邊一貓一鳥追隨，像條快速的閃電奔向了斑痕欲退離的方向。

森林中的這塊區域，除了毛茅和他的寵物們之外，還有另一抹人影。

換上蜇葉戰鬥服的時玥雪像隻藍色的飛鳥跟隨在旁，時不時點躍、拔高身形，讓自己不會跟丟毛茅他們的行蹤。

她似乎沒有出手狩獵污穢的打算，就只是單純以一個旁觀者的身分，觀察著紫髮男孩的一舉一動。

黑琅被看得不耐煩了，好幾次想扭頭朝時玥雪齜牙，要她滾遠一點。但礙於他們的身分還沒對蜚蘗的另外兩人曝光，他只好改以暴躁的叫聲來代替。

「毛──毛──毛──」這是黑琅怒氣沖沖時會有的叫聲。

毛絨絨也同樣感到困擾，有時玥雪在場，他都不能好好地跟毛茅說話啦。

毛茅是最不受影響的人，他對來自一旁緊迫盯人的視線漫不在乎，心思都放在急速撤離的黴斑上。

終於，紫黑色的片狀花紋一口氣匯聚至某一點。

下一剎那，熟悉的壓迫感霍地襲來，一團碩大形影緊接出現。

時玥雪沒有再往前靠近，留給毛茅一個足以發揮的空間。

黑琅與毛絨絨各自找位置蹲踞，好不干擾到毛茅，也能夠在最短的時間內衝出去支援。

毛茅揚開大大的笑，露出一口白牙，金眸有若點亮的火炬，甚至比污穢眼中的兩簇蒼白火焰還要熾亮。

在蔥翠山林中現身的，是一隻形若大魚的怪物。它體型扁長，將近十來公尺，在林木間彎曲成詭異的弧度。腹部底下是密密痲痲、一時數也數不清的腳。

腳有五趾，膚色偏黃，乍看就像人腳一樣，讓這隻污穢的外型更添難以言喻的毛骨悚然之感。

毛絨絨差點就哀叫出聲了。好醜醜醜醜！這麼醜的東西怎麼好意思活在世上啊！

黑琅的表情顯示出他的想法和毛絨絨如出一轍。

「哇啊，眞醜啊……」就連毛茅也忍不住感嘆一聲，「腳那麼多，又那麼密集，感覺好容易生皮膚病或腳方面的疾病耶。」

時玥雪將紫髮男孩的話聽得一清二楚，險些繃不住嘴角，發出噗哧的笑聲。

污穢對於投向自己的詆毀一向非常敏感，這點同樣也反應在虛擬污穢身上。

魚身人腳的污穢猛地擺尾，粗大的尾巴一下就將多棵樹木攔腰擊倒，接二連三地往毛茅的方向倒去。

毛茅從容不迫地在林中跳躍閃避，長劍外形的仿生契靈隨即被他握在手中。

污穢擺動身軀，像支疾速箭矢來勢洶洶地鎖定了那抹在它眼中小得可以輕易碾碎的人影。

但毛茅的身手遠比它想像的高超。

比魚形的它還要滑溜。

每每眼看就要擊中了，可下一秒又發現還差那麼一點點。

屢屢的失誤讓污穢勃然大怒，它顧不得繞過那些樹木，直接橫衝直撞攻擊，沉重驚人的樹倒聲不斷在林中響起。

只不過片刻，這區的林木就凌亂地橫倒一片。

沒了樹木的遮擋，毛茅的身影暴露在污穢視線中。

紫髮男孩猶然一副遊刃有餘的模樣，他咧咧嘴，朝污穢勾勾手指，挑釁意味十足。

污穢果然怒上心頭，張大嘴要將那惹人心煩的小蟲一口吞吃下肚。

毛茅敏捷地在橫倒的樹幹上縱跳，下一秒全速衝刺，在污穢衝來的剎那間一個下腰，腰肢柔韌地彎出了一個弧度，手上長劍橫出，朝污穢的那排腳——

就像鐮刀收割穀物。

只不過毛茅收割的是一隻又一隻的腳。

隨著最後一隻腳和污穢分離，毛茅俐落地一躍而起，像裝了無形的翅膀，靈敏如燕地落到了污穢的尾巴上，再飛快往前奔跑。

長劍在某個定點高舉，刺下——

時玥雪沒有繼續看下去，她知道結果已經出來了。

那隻虛擬污穢註定要消亡於毛茅手下。

時玥雪挑選了一個和毛茅他們相反的方向走，起初步伐不疾不徐，然後開始加快，越來越快。

時玥雪在山林中奔跑起來。

紫髮男孩的那場戰鬥讓她胸口不由自主地湧起了沸騰感，她用力抓握掌心再放開。

她想到對方快意的眼神與愉快享受的笑容，還有全心投入的戰鬥。

她也可以做到這樣嗎？

就算同樣是使用仿生契靈，可她卻似乎未曾盡情投入與污穢的戰鬥過。那對她而言，更像是一種必須該去完成的工作。

她從來沒體會過戰鬥的暢快，緊緊握在掌心中的仿生契靈一直以來都像是在無聲地提醒自己……

她不完整。

就算她讓契靈偽裝成手臂，就算她揮舞著仿生契靈，沒人看得出她的異樣。

她還是越發深切地感受到自己，不完整。

她越假裝得若無其事，就越感到無法言說的自卑如種子在她心裡深深紮根，最後茁壯得讓她難以拔除。

時玥雪知道自己可以永遠地隱瞞下去，她實力強悍，即便只是使用仿生契靈也能勝過許多除穢者。

沒有契靈的輔助也無所謂。

但突然間，她有了想要揮舞自己契靈的衝動。

毛茅說自己用契靈時的模樣威風凜凜，他的眼神清澈坦率，一字一句都讓人感受到他的真誠。

所以……她可以試試看的吧？

時玥雪抽出手機看著「清一清」上面的通知，就在她的正前方不遠處，一隻污穢誕生了。

時玥雪提高速度，她快得像林中的湛藍閃電，髮絲跟著飛揚，裙角颯颯響動。

左手肘以下的纖細小臂消失，空蕩的長袖在半空中舞動，一把柴刀出現在她的右手中。

當桃紅色的瞳孔中倒映出污穢的瞬間——

時玥雪露出了不再柔美、不再和煦的鋒利笑容。

夕陽西下，橘紅中帶著金耀的光芒籠罩了大半山頭，沿著枝葉間的空隙再灑落於樹林內，投下不規則的斑駁光影。

時玥雪緩緩走在小徑上，額角還沾著一點汗珠。海藍色的戰鬥服換成了普通的外出洋裝，背部殘留著未乾汗水造成的濕意。

假如那身戰鬥服還穿著，就會看見海藍布料上留下了不少猙獰的裂口和撕裂的痕跡，足以看出衣服的主人究竟經歷了多艱辛的戰鬥。

時玥雪可不想穿著一身不整的衣服走在路上，那有違她的教養。

幸好由協會科研部開發、時家出資打造風格的戰鬥服，只要一消失就會自行修補完成；等到下一回再使用一鍵換裝，就不會穿著破爛的服裝和污穢打鬥。

今天一整天，時玥雪都強迫自己不要借助仿生契靈的力量，而是用屬於自己的契靈來狩獵污穢。

這些年來，她私底下還是會召出契靈來做練習，免得過於生疏。但練習和實戰，還是有著相當大的差異。

這一天的戰鬥下來，時玥雪嘗到了何謂狼狽不堪。在狩獵污穢的過程中，有好幾次她可以說是險象環生，但總算是有驚無險，身上大多是些不嚴重的皮肉傷。

傷口持續傳來的刺痛一點也不好過，可是她卻覺得很久不曾這麼神清氣爽了。

就好像長久以來堵在胸口處的某個硬塊被清除了大半，讓她能夠好好地深呼吸。

「回去後，哥哥會叨唸的吧……」時玥雪自言自語，已經想像得出時衛露出優雅的笑容吐出嘲弄。

他們兄妹總是這麼相處的。

在旁人看來是針鋒相對，幾乎水火不容。

也唯有他們自己知道，那是他們對彼此的另一種關切。

要是哥哥真的敢不客氣地取笑她，那她就要把自己的苦瓜炒蛋通通挾到他的碗內！

想好幼稚的報復，時玥雪走出樹林，時芽山莊就矗立在前方。

她回到了房間內，找出了醫藥箱，替自己做了簡易的處理。消毒水沾上傷口的瞬間，讓她控制不住地蹙起眉。

門外忽然響起了敲門聲。

「誰？」時玥雪收好醫藥箱，讓人盡量看不出她受過傷，她不習慣對他人展現出示弱的一面。

「玥雪，是我。」安石榴說。

時玥雪上前打開房門，與自己外表有幾分相似的長髮少女一副心事重重的模樣。

時玥雪還注意到了對方比起昨天還要蒼白的臉色，與眉間加深的倦意。

「石榴妳還好嗎？妳看起來好像很累？」

「沒、沒事的，我只是中暑還沒好……我……」

安石榴欲言又止地看著她。

時玥雪溫和地等待著對方的下文，也不催促。

半晌，安石榴像下定決心，「玥雪，我有事想跟妳說……妳可以陪我到外面走走嗎？」

看著窗外依然明亮的天色，再加上距離晚餐開飯還有一段時間，時玥雪笑著點點頭，陪同安石榴離開了屋子。

第七章

關掉抽油煙機，嗡嗡嗡的聲音隨即消失，還給廚房原本的寧靜。

一看到木花梨似乎大功告成，窩坐在廚房角落的黑梟迅速站起身來，過猛的動作讓蓋在頭上的T恤兜帽向後滑落。

會在廚房裡還拉上帽子，主要是爲了抵擋木花梨無意識散發出的聖光。黑梟怕自己的雙眼會被照得無法張開，這樣就不能好好欣賞對方煮飯的英姿了。

黑梟不是沒想過要幫忙，可是她對廚藝方面只通了九竅。一竅不通。

爲了不給木花梨帶來麻煩，她就靜靜地窩在角落裡。

木花梨也不覺得她這樣坐在一邊不說話很奇怪，有時正巧轉過頭來對上她的視線，還會給她一抹溫柔的笑容。

黑梟小心翼翼地珍藏起那些專屬於她的笑容。

木花梨的想法很單純，她將黑梟當成了防衛心重的小動物來看待。相較於這一、兩年間，對方看到自己就躲起的舉動，此刻她們的距離簡直是飛躍性地進步了。

「黑裊，可以麻煩妳……」

木花梨的話還沒說完，黑裊就自動自發地上前幫忙，將桌上的菜端到了飯廳去。

飯廳裡陸陸續續有人入座。

可以拉長的大型方桌就算是十多個人也坐得下。

胡水綠稍早前就先傳了話，他今天胖了零點零五公斤，晚餐就不要算他的份了，他會自行處理。

白烏亞幫大家排好碗筷。

時衛還沒走近飯廳，眉頭就忍不住先皺了起來，苦瓜湯的味道連在飯廳外都能聞到。

走過去一看，時衛嘴角微微抽搐。不只苦瓜湯、苦瓜炒蛋，木花梨居然還弄了一道苦瓜蒸蛋。

明天會不會整張餐桌都被苦瓜完全佔領了？

木花梨是有多喜歡苦瓜……不對，是跟他有多大仇恨，明明知道他一點也不喜歡這些。

很好，青椒果然也出現了。

「嗚啊……」呻吟聲在時衛旁側響起。

毛茅苦著可愛的臉蛋，面有菜色地看著桌上豐盛的苦瓜料理，還沒吃飯他都感到嘴裡似乎有一股苦味了。

跟在毛茅後頭的毛絨絨和黑琅探頭一看，兩人的表情也有些扭曲。

「琅哥怎麼了嗎？」走過來的海冬青留意到黑琅不同尋常的表情。

黑琅才不會跟小弟承認他討厭苦瓜，那多沒面子。

「沒事。」他板著臉說道。

「學姊規定一個人起碼要吃五片苦瓜，我可以幫你吃三片。」高甜對毛茅說，「剩下兩片你要自己吃，不然你就不是小豆苗，而是營養不良的小豆苗了。」

「我營養很足夠的啊，洋芋片會幫我補……」毛茅的聲音在瞥見木花梨笑盈盈的視線後，頓地斷掉。

毛茅改用食指戳了戳高甜的手臂，偷偷摸摸地對她比了個四。

幫我吃四片，拜託？

那雙像貓咪的大眼睛向上瞅著人的時候，特別容易讓高甜心軟。她感受著心裡像要融化般的奇妙滋味，然後堅定無情地說：

「不。」

要為好朋友的身體健康多多著想，不能讓毛茅偏食。

毛茅的雙肩垮下去，頭上的那撮小鬈毛也以肉眼可見的速度軟趴趴地蔫下了。

白鳥亞摸摸小學弟的頭，給予無聲的安慰，但同樣堅決不鬆口說要幫忙解決。

「玥雪和石榴呢？」木花梨發現少了兩個人。

時玥雪和安石榴都還沒過來。

「你們有看到她們嗎？」時衛問。

眾人搖搖頭，大家回來的時間是錯開的，誰也沒有和時玥雪或安石榴碰上。

「安石榴今天不是沒出去？」黑梟幽幽地說。

「時玥雪會不會還在外面打污穢呀？」毛絨絨說，「我們中午的時候有在山裡碰到。」

「不可能。」時衛否定了這個可能性，「小雪很遵守規定，她不會破壞規則……我打手機給她好了。花梨妳打給胡老師，請他去安石榴的房間看看，也許安石榴睡著了。」

時衛撥出的通訊直接轉入語音信箱，通常這是對方手機沒電的跡象。

時衛又打了時玥雪房間的室內電話，響了許久也無人接聽。

「你們先吃吧，我去她房間看看。」時衛大步流星地走上了二樓，敲響時玥雪的房門。

門內沒有丁點回應。

顧不得時玥雪之後會不會抱怨自己侵犯了她的隱私，時衛闖進了房間裡。

空無一人。

浴室、廁所也沒有人影。

時玥雪的房間素來整理得相當整潔，從房內此刻的狀況來看，難以看出她是否回來過。

時衛的眉毛像要打結，一無所獲的他走出房間，遇上了從隔壁房間出來的胡水綠。

「安石榴的房裡也沒人。」胡水綠說，「她的手機留在房間裡。屋裡的其他地方找過了嗎？山莊內的其他地方呢？」

「都還沒。」時衛長長地吐出一口氣，有種揮之不去的煩悶感。

「先確定屋子和山莊內都找不到人再說吧。」胡水綠一聲令下，除魔社的眾人跟著開始展開行動。

二館和三館的出入口都還是封閉的狀態，但預防萬一，時衛還是讓人進去裡面搜尋。

露天溫泉只有蒸騰的白氣飄揚，沒有發現兩人的蹤跡。

黑琅和毛絨絨變回貓鳥的姿態，以動物之姿加入了尋人的行列。

毛絨絨拍著翅膀在山莊裡飛繞著，當他飛過安石榴房間的窗戶外，眼尖地看見那支擱在床櫃上的手機螢幕亮了起來。

有人打電話給她嗎？會不會是時玥雪？

毛絨絨立刻從窗戶留下的縫隙內使勁地擠了進去。

一顆圓雪球被擠壓成餅狀，再掉落至地板上。

甩了甩身子，讓羽毛重新蓬鬆起來，毛絨絨眨眼間變成人，飛快地將床頭櫃上的手機抄了起來。

不是他以為的有人打電話過來。

手機螢幕會發亮的原因，是跳出了行事曆的提醒通知。

備註上寫著「練習微笑」。

練習微笑?什麼微笑?毛絨絨一頭霧水，強烈的好奇心讓他無視了他人隱私，手指頭就往螢幕一戳。

安石榴的手機沒有上鎖，毛絨絨輕易就叫出了行事曆的頁面。

上面密密麻麻地寫著各種注意事項，都是幾月幾號幾點要練習微笑、練習眨眼、練習手勢、練習走路姿態之類的。

「這、這什麼啊……」毛絨絨困惑極了。人類原來還須要練習這些東西的嗎?那也眞是辛苦啊。

毛絨絨又看見了一條備忘——要記得多看影片複習。

「影片」兩字再度戳中了毛絨絨的好奇心。他試著在安石榴的手機上尋找著所謂的影片，然後就發現了一個被命名為練習記錄的資料夾。

一點開，裡面是滿滿的影片以及——

時玥雪的照片。

很多很多時玥雪的照片，各種角度、各種場景、各種姿態，有些看起來還像是偷拍的。

毛骨悚然的感覺竄上了毛絨絨的後背，他第一個反應是，難不成安石榴是時玥雪的隱性跟蹤狂嗎？

他又搖了搖頭。不對，安石榴平常就和時玥雪黏在一起了，根本不用跟蹤嘛。

毛絨絨想不通安石榴拍下時玥雪這麼大量照片的理由，乾脆先隨便點開一支影片。

竟看見了讓毛絨絨更加發毛的畫面。

安石榴站在鏡子前，從角度看，手機應該是放在不遠處拍攝。

鏡子旁邊貼著洗出來的時玥雪照片。

安石榴對著鏡子微笑、微笑再微笑，不斷地調整著唇角上揚的角度，看人的眼神，不時再轉頭看向時玥雪的照片。

「好像還差一點……哪裡不對呢？」影片中安石榴喃喃自語，「玥雪笑起來該是要……」

影片結束。

毛絨絨又點開幾支影片，內容大同小異。

差別大概只在於安石榴練習的項目不同。

寒意從毛絨絨的腳底衝上了腦門，明明房內溫度宜人，他卻覺得無端地發冷。他嚥嚥口水，抓著手機就往外跑。

時衛不喜歡在自己正忙著的時候被突來的外務打擾。

從口袋掏出響個不停的手機，出現在螢幕上的人名讓他斂起了不滿的神色。

打電話過來的是他的一位遠房堂哥，時久，同時也是銅芽鎮現任的鎮長——對方不是一個閒來無事會打電話寒暄或閒聊的人。

時衛沒有停下在山莊內搜尋的腳步，接起電話。

傳來的消息讓時衛臉色微沉。

時久說，鎮上突然有好幾人陷入昏睡，怎樣都醒不過來，都是前些天中暑差點昏倒的人。她們有著明顯的共通性，都是長髮的年輕女性。

「她們人呢？」

「都在鎮上的醫院裡，正在進一步檢查。我們覺得情況不單純，這才跟你通知一聲。」

「鎮長的直覺嗎？」

「時家人的直覺。」

「我明白了，謝謝你告訴我這件事。堂哥，可以拜託你們先檢查一下那些人身上是否有出現什麼異狀，或是原本沒有的記號之類的嗎？」

時久沉吟一聲，想到堂弟所屬社團近期遇上的幾次魔女事件，「你該不會是擔心……」

「預防萬一而已，有事再聯絡，我先掛了。」

時衛收起手機，輕彈了下舌頭。他由衷希望那幾名昏迷不醒的女性，只是單純的身體不適，而不是真的牽涉到……

魔女。

倘若眞和魔女有關係，就表示在他們社團來到銅芽鎮之前，已有魔女在鎮上暗中行動狩獵目標了。

甚至時衛還想到更糟的一點。

會不會時玥雪和安石榴的無端失蹤……都和魔女有關？當然，這些都要等到時久傳來確切的消息後才有辦法得知。

不管如何，時久剛剛的那通電話，確實在時衛心裡埋下了不安的種子。他抿了抿唇，放棄在山莊裡繼續打轉，打算直接前往警衛室，讓人調出今天的監視器畫面。

可還沒轉繞方向，另一邊先急匆匆地跑出了一條人影。

「社長！社長！」毛茅揮著手，大聲地喊，「毛絨絨那邊好像發現了什麼，他剛打電話給我！」

時衛預定的路線馬上轉成前進主館。

其間，他還接到來自胡水綠的電話。

「我剛找你們山莊的人調監視器來看了，大門的監視器曾拍到時玥雪下午回來，然後又跟安石榴一塊離開山莊了，她們倆的模樣看起來很正常。」

「確定她們沒有再回來？」

「到剛才爲止，很明顯地，沒有。」

「我明白了，胡老師，麻煩你先回主館，毛絨絨那邊似乎有新發現。另外，我也須要你開啓清運場的定位系統。」

「等我三分鐘。」胡水綠說。

「定位系統？」毛茅聽見了時衛和胡水綠的對話，好奇地問。

「沒有在你們身上裝定位，胡老師他們怎麼敢放心把你們往山裡面丟？萬一你們迷路了，可就麻煩了。」時衛發現毛茅盯著，他以爲對方是在意隱私方面的問題，「別擔心，進到山莊內，你們『清一清』裡面的定位就會自動關閉，省得你們還要抗議自己上個廁所都要被別人知道。」

「我是不在意上廁所被別人知道啦……」毛茅歪了歪腦袋，「我只是在想，社長你用『你們』，所以一開始你果然就沒打算要參加這項訓練對不對？」

才會使用把自己排除在外的人稱。

時衛不否認，「我虛，所以這種特訓適合你們，不適合我。你負責通知烏鴉、高甜，還有你家的貓回主館，花梨、黑梟、海冬青我來通知。」

兩人迅速分工，將分散的同伴們全都召集回主館。

燈光大亮的大廳裡，毛絨絨心焦如焚地繞著圈子，手裡還緊緊抓著一支手機不放。等見到眾人紛紛趕回，他的眼睛登時亮起光芒。

「毛茅！」毛絨絨習慣性地想撲向毛茅。

一進門就轉爲人形的黑琅不客氣地拎扯住毛絨絨的衣領，藉著身高和體型之便，將人往旁邊丟。

「你們都先在這等著，我去樓上拿個東西。」胡水綠邁步如飛地跑上二樓。

那抹暗紅的靈活身影很快又回到了大廳。

胡水綠拿下的是一台筆電，裡面安裝了清運場的定位系統設定。

「毛絨絨，先說你的發現，我這邊還要一點時間處理。」胡水綠下達指令，筆電一打開，十指快若翩飛地在鍵盤上移動著。

成爲焦點中心的毛絨絨緊張地吞嚥口水，下意識將目光投向毛茅。

毛茅回給了鼓勵的視線。

毛絨絨深吸一口氣，開始述說起他進入安石榴房間的前因後果，又將安石榴的手機遞了出來，螢幕上是記錄滿滿的行事曆頁面。

那些奇異的練習項目，讓人看了心生不解。

「我本來也在想，人類還要練習這些東西好辛苦啊，然後……」毛絨絨點開了安石榴存在手機裡的影片。

隨著一支支影片播放出來，現場眾人的神色也漸漸變得愕然或是驚悚。

時衛的表情更是緊繃住，眉眼凌厲如刃。

身為時玥雪的兄長，他看到有人簡直像走火入魔般模仿著自己的妹妹，心情是絕對不可能感到愉快的。

「有病。」黑梟小小聲地給出了評論，這話無疑說到大夥的心坎裡。

「另外，我還發現了這個……」毛絨絨這次換點開安石榴的IG。

他在等待毛茅他們趕回主館的這段時間內，將安石榴手機上的資料翻看了大概，自然也包括他自己有在使用的IG——人類的隱私觀念對他而言是不存在的。

安石榴在上面發布的照片不多，主要是她與時玥雪的合照，文字則大多是她對對方的崇拜。

假如不是剛看見了那些讓人打從心底感到不適的行事曆、照片和影片，眾人很可能會以為安石榴只是單純地崇拜、尊敬著時玥雪。

「等一下。」倏地，時衛指著安石榴個人首頁的其中一張照片，然後又指向另外幾張，「這幾張照片裡……她穿的衣服都是小雪有的，今天她穿的那件也是。」

「社長你的記憶力眞好。」

「那是我眾多優點的其中一項而已。」

時衛將他認出的那幾張照片逐一點開，搭配照片的文字立即顯現出來。

今天和玥雪穿一樣。

終於找到和玥雪同款式的小洋裝了，沒想到那麼貴啊……

嗚嗚，零用錢又快沒了……可是能夠穿和玥雪相同的衣服眞開心！

稍微修了一下髮型，大家都說我和玥雪更像了。

玥雪是最棒的！我要努力變得和她一樣！

今天被誤當成玥雪了呢！

那一條條發言再結合著她私下練習的行爲，令人忍不住不寒而慄。

「社長。」毛茅在靜默中開口，「你妹妹看到安石榴的IG不會覺得怪怪的嗎？」

「小雪不用IG，她對絕大多數的社群網站都沒興趣。」時衛很了解自己的妹妹，「要不是手機還有著聯繫功能，她估計連手機都懶得用了。」

「也就是說……」木花梨找回自己的聲音，乾巴巴地說，「石榴的變得一樣……不是指向玥雪學習？而是想要外表變得跟她一模一樣嗎？」

「不得不說這點她學得挺成功的。」胡水綠朝一票學生們招了招手，「過來，我這邊搞定了。」

胡水綠呈現給大家看的，是時芽山的地圖和一個紅點。

「這是『清一清』最後捕捉到的定位點，時玥雪的。」胡水綠說，「這是四十分鐘以前的記錄，再來就沒有了。」

「沒有是什麼意思？」時衛的聲音瞬間低了一階。

「『清一清』被關掉了，手機被關掉了，或是……」胡水綠提出他想到的可能性，「有某種磁場屏蔽了『清一清』的定位追蹤。」

海冬青已經起身了，「胡老師，時玥雪失蹤前的最後位置發給我。」

「錯，是我們。」黑琅哼了哼，「朕的鏟屎官肯定會這麼說，朕只是幫他先說出來。」

尋找失蹤社員，這是一社之長該負起的責任。

「哎呀，不愧是大毛，就是這麼了解我。」毛茅朝黑琅眨了下眼睛。

「胡老師，順便發給在銅芽鎮的幾位除穢者吧。」時衛不得不先做好最壞的打算，「我之前接到我堂哥的通知，他是銅芽鎮的鎮長，他說……」

乍然響起的手機鈴聲打斷了時衛的話。

是時久打來的，他帶來的並不是什麼好消息。

所有人只見時衛臉色變得越來越陰沉，嘴中吐出的回應像藏起了感情，冷靜到冷酷。

等到時衛結束了和另一端的通話，他破天荒地扔了修養，罵出髒話。

「媽的！」

時衛將自己的頭髮粗魯地往後扒，也不管會不會破壞他一向注重的髮型。

「發位置給除穢者吧，胡老師。」他陰沉地說，「有非常大的可能性是魔女跑來銅芽鎮了。」

這情報對眾人來說彷彿像平地猛然響起一聲雷，震得他們反應不過來。

「怎麼回事？」胡水綠鎮靜地反問，手指沒停下，將時玥雪最後出現的位置統一發給人在銅芽鎮的除穢者們，要他們部分人入山，部分人嚴守在鎮上，「你堂哥說了什麼？」

「還記得花梨之前提過的嗎，鎮上有好幾人中暑的事。」時衛看向木花梨。

「難道說……她們不是普通的中暑？」木花梨驚訝地張大眼。

「她們今天全都陷入不明原因的昏睡。」時衛將時久傳來的消息轉述給眾人，「然後脖子後面被發現有奇怪的記號，像是薔薇花一樣的刺青。家人都很肯定地說，她們並不曾刺青過，也不曉得這圖案是什麼時候出現的。因爲她們都留著長髮，旁人根本很難注意到。」

「『都』留著長髮？」高甜敏銳地抓到了這個字詞，「還有其他共通點嗎？」

「長髮、年輕女性。」時衛伸出兩根手指，再伸出第三根，「薔薇花的顏色都是紅色。」

「薔薇花、薔薇花……」木花梨像被觸動記憶，她瞬間倒吸了一口氣，「社長，你還記得今天下午，石榴泡茶給我們的時候，她也有一個薔薇花的刺青……」

木花梨翻找起腦海中的畫面，因爲印象深刻，所以她記得很清楚。

那是一朵異色薔薇花。

鮮紅從花心擴散，花瓣邊緣則是深藍色。

再加上安石榴這一、兩天也出現了疑似中暑的症狀，精神不濟、疲倦，甚至連今天的訓練也沒有參與。

經木花梨這麼一提，時衛也想起自己將安石榴誤認成時玥雪的時候，也曾偶然瞥到她的後頸有花形刺青般的圖案。

「但是，」黑梟細聲地說，「她說那是刺青。」

「不可能是刺青。」白烏亞舉起不知何時從毛絨絨那拿過的安石榴手機，「她IG的最新照片，是前天集訓的第一天。」

白烏亞指著照片中的某處，「這裡的窗戶剛好有反射，她的脖子上什麼也沒有。」

然而，時衛、木花梨和黑梟，都記得安石榴當時是這麼說的。

「啊對，那是我之前刺的……但、但又怕太顯眼，所以才刺在後面。」

時衛握著手機的勁道無意識地加大，指關節泛白。

一個駭人的念頭控制不住地跳了出來。

什麼樣的情況下，安石榴會知道自己脖子後有薔薇花印記，卻又故意假裝成刺青？她是不是在誰也沒有發覺的時候，就和魔女有了接觸，卻隱瞞了這項事實？就和當初的薄荷一樣……

安石榴想要做什麼？她打算做什麼？她和小雪一塊離開山莊爲的又是什麼？

「時衛！」胡水綠的一聲厲喝，截斷了時衛險些失控的思緒。

時衛鬆開了用力到發疼的手指，面無表情地和胡水綠對視。

毛茅朝黑琅使了一記眼神，後者擺出厭惡的臉，但看在鏟屎官的面子上，還是心不甘情不願地變回了大胖黑貓的型態。

毛茅冷不防將黑琅往時衛懷中一塞，「社長，摸一摸毛茸茸的動物可以讓心情平靜下來喔。」

時衛愣了一愣，低頭看向被自己反射性接住的黑琅；黑琅仰頭與他對視，金黃色的眼瞳裡寫著大大的「蔑視」。

彷彿在說：看屁啊？沒看過像朕那麼帥的貓嗎？

帥不帥時衛看不出來，他只知道自己沒看過像黑琅那麼胖的貓。也只有海冬青那個眼睛有問題的傢伙，會認爲貓形的黑琅依舊貌美無雙。

「要摸毛茸茸的話，不是應該摸我嗎？」毛絨絨小聲地表達意見，「不過我也不想被男人摸就是了……」

時衛低頭和黑琅大眼瞪小眼一會，一人一貓的眼中都露骨地透露出對彼此的嫌棄。

時衛將黑琅還給了毛茅，接著雙手朝毛茅的那顆腦袋就是一陣搓揉。

「行了，鎮定下來了。」時衛將人的頭髮揉得像凌亂的鳥巢，他看向胡水綠，「胡老師請下命令吧。」

胡水綠把玩著不知何時浮現的手術刀，冷冷的刀光和他眼底的鋒利相互呼應。

「木花梨、黑梟、高甜留守山莊，預防魔女將此地列爲攻擊目標。其他人跟我行動，隨時保持聯繫。」

話聲還未落下，胡水綠已轉身大步往門口走去，裙襬甩出俐落的暗紅波浪。

毛絨絨連忙變回雪球鳥，拍著翅膀跟上隊伍。他邊飛邊自言自語地說，「薔薇花、昏睡的女孩子……感覺跟毛茅之前給我看的睡美人故事好像啊……」

毛絨絨無心的話語一出，頓時讓往屋外跑的眾人對視一眼，他們在彼此眼中看見相同的想法。

他們有志一同地同意，那名魔女的代號就是——

睡美人！

第八章

時間再往前推一些。

時玥雪與安石榴結伴往山裡前進，她們走在人工拓寬的道路上，周邊林木環繞，夕陽餘暉將部分綠葉染得橘紅。

時玥雪一邊耐心等著安石榴開口，一邊不忘留意時間。

晚餐前要回到主館，這是時衛訂下的規定之一。

時玥雪一向遵守規定，即便訂定者是她那個耽溺手遊、顯然不會參與這次特訓的哥哥。

安石榴垂著頭，手習慣性地挽著時玥雪的手臂，不發一語地往前走。

時間在沉靜中一點一滴地流逝。

不知不覺，時玥雪發現自己和安石榴偏離了原本的人工道路，繞進了更茂密的樹林內。錯縱密集的枝葉遮掩了大部分日光，林內比起剛才的道路更顯陰暗。

「石榴？」時玥雪心裡無端竄上一縷隱約的不安。

時家人總有種直覺。

這份無法明說的直覺，讓時玥雪決定停下腳步，不再往深處前進。她還記得來時路，想要從原路折返了。

「石榴，我們還是先回山莊去吧。」

山裡天色暗得快，雖然現在從樹間望出去還能見到天空猶染著橘金光彩，但常來時芽山莊度假的時玥雪知道，不用多久，那些光就會被逐漸加深的幽暗吞吃得一乾二淨。

最後轉爲一片闃黑。

山林和夜色宛如徹底融爲一片，分不出邊際。

不該繼續待下去的，時玥雪想。況且已差不多是晚餐時間了，再不回去，會讓木花梨學姊他們擔心。

還有……哥哥也會擔心的。

「石榴，走吧。」時玥雪柔和又堅定地帶著安石榴要往回走。

安石榴沒有動，她的雙腳像是被釘住一樣。

「石榴？」時玥雪催促一聲。

「玥雪……」安石榴總算打破一路上的沉默。她低垂著眼，囁嚅地說，「我有事想拜託妳，妳願意幫我嗎？」

安石榴抬起頭，眸裡是冀求的光芒。

那份光芒讓時玥雪遲疑了，也讓她一時間忽略了心中的那份直覺。

「玥雪，拜託妳了……幫我好不好？」

「妳有困難的話，我當然是……」

「所以妳願意幫我了？真的太好了！」

「石榴，妳是要我幫……」

時玥雪的疑問還沒吐出，安石榴冷不防將她猛力一拉，讓無防備的少女踉蹌了好幾步，差一點就站不穩。

「謝謝妳，真的太謝謝妳了，玥雪！」安石榴如釋重負地展顏一笑，一掃先前的憂色，「再往裡面走一點就可以了，妳就能幫到我的忙了！」

安石榴的態度是時玥雪之前未曾見過的強勢，在她震驚的當下，已被帶往其中一條岔路裡面。

幽深的樹影就像隨時要伺機而動的鬼魅。

「就是這裡了。」安石榴說，「玥雪，在妳幫我之前……首先，我要介紹一個新朋友讓妳認識。」

新朋友？驚疑感盤踞在時玥雪的胸口，目光不禁往四周掃去。

時芽山被清運場籠罩的情況下，普通人根本無法擅闖進來。山莊的員工則有一條專屬的路徑，以免打擾到這場特訓。

既然如此，爲什麼石榴會說她認識一位新朋友了？

「石榴，妳在說什麼？妳說的新朋友是指……花梨學姊他們吧？」時玥雪神經繃緊。

安石榴目前的言行舉止全都透著說不出的古怪。

時玥雪以爲自己了解這位朋友，可是現在，她忽然有些不確定了。即使如此，她還是心一橫，轉而主動箝制住安石榴的手腕，想強硬將她拽離這個地方。

沙沙沙……

起初時玥雪以爲是風聲。

沙沙沙……沙沙沙……

很快地，她反應過來，這裡並沒有起風。但那些聲音還在傳來，由模糊變得越漸響亮。

就在周邊的陰影之中！

安石榴以大得不可思議的力道牢牢握住了時玥雪的手，她說：

「玥雪，妳想去哪裡？妳能去哪裡？」

她像往常般文靜靦腆地笑了。

「妳說好要幫我忙的，所以妳哪裡也不能去啊。」

幾乎同一時間，沙沙聲的來源也暴露在時玥雪眼前，那雙桃紅色的眸子瞪大，愕色布滿她的瞳孔。

從深深的幽暗裡，從陰影裡，從四面八方的地面上，難以計數的青綠荊棘像蛇群擁了出來。它們蠕動著，交纏一起，又分散攀爬過凸起的石塊、樹根，不斷朝前逼近，彷彿要將獵物逼得無路可逃。

在這些荊棘周邊，還能見到不規則形狀的斑紋跟著移動，青白的色澤攀附在泥土地上顯得格外惹眼。

時玥雪第一眼就辨認出來了，那是污染的象徵。

換言之，這地方有污穢……不，普通的黴斑不會以這種速度游移，它們通常都是快得如浪潮急退，匯聚在孢子囊所在的位置。

眼下的黴斑只說明了一個足以令除穢者也膽戰心驚的眞相。

被正式定名爲「魔女」的人形污穢，就在這裡！

時玥雪的寒毛本能地豎起，直覺告訴她這些荊棘，或者說操控這些荊棘的主人很危險。

她猛地抽回手臂，安石榴這次配合地鬆開了，仿生契靈轉瞬被她握於手中，接著她意識到一件事。

既然魔女就在這裡，還運用了力量，爲什麼「刷一刷」沒有跳出警示？

時玥雪連忙抽出手機，不等她解開螢幕鎖，安石榴就軟軟地說：

「沒用的，玥雪，訊號都被屏蔽了，不會有人知道我們在這個地方。」

「妳到底想做什麼，石榴？」時玥雪的質問平靜，可握得泛白的指關節、繃緊的身體線條，還有微微不穩的尾音，在在洩露出她的吃驚與緊張。

她並沒有表面上看起來般鎮定。

回答她的是剎那間變得更爲猛烈的沙沙聲響。

更多荊棘層層疊疊，如同開了閘的水湧洩出來。它們不停地製造讓人心慌意亂的噪音，緊接著又戛然歸爲死寂。

像是有人忽然按了一個開關，讓它們全都靜止不動。

下一秒，有誰踩踏著荊棘之道款款走出。凡是她經過之地，有如被血液澆灌的紅薔薇驟然綻放，一朵接著一朵……

最後站在荊棘與薔薇之中的，是一名擁有淺綠色長髮的少女。

少女有著稚嫩的面容和金黃色的眼眸。

和時玥雪認識的那名紫髮男孩相同色澤，然而男孩的眼裡是鮮明旺盛的生命力，少女的眼中卻是一片虛無，似乎什麼也無法被眞正地映入她的眼中。

鮮紅的朵朵薔薇花別附在她的頭頂成爲了花冠，又在她的胸腹前與荊棘交纏點綴，包括細得像輕易就能折斷的腳踝處，也有紅薔薇綁縛其上。

墨綠的荊棘穿繞編織在少女的衣裙外，就像是一副鳥籠裙撐。

可再仔細一看，就會發現部分垂落下來的綠荊棘，赫然是從她兩邊的袖口內延伸出來的。

少女並沒有屬於人類該有的手臂，荊棘就是她的雙手。

一切一切的非人特徵，都說明著一件顯而易見的事實——

她是異於人類的存在！

他人或許會將「怪物」兩字套用在她的身上，但是時玥雪知道她有另外兩個稱呼。

人形污穢，以及……

魔女！

時玥雪的第一個動作就是警戒地將劍尖指向面前的綠髮少女，目光冰冽，同時反射性地將安石榴納入了她的保護範圍。

但是安石榴卻跑了出去，主動地迎向被荊棘與薔薇簇擁的魔女。

「我帶她來了！按照約定……我把玥雪帶過來了！」安石榴急切地大聲喊，「我做到了，妳也要完成妳的才行！」

什麼意思？約定？石榴跟魔女……做了什麼約定！時玥雪不敢置信地看向安石榴。

「石榴，妳和她……妳什麼時候和魔女有接觸的！」

安石榴回過頭望向時玥雪，她的眼神看起來充滿愧疚，「對不起啊，玥雪……我不得不這麼做，因爲不這樣做的話……」

「她就會被我吃掉呢。」空靈的嗓音驟然迴盪在幽林中，「吃掉契魂，吃掉血肉，什麼也不會剩下。但是……」

「只要我能帶來契魂力量更強大的人，她就願意放過我……」安石榴小小聲地說，「如果我不答應的話，她就會吃了我……我、我……」

安石榴深吸了一口氣，雙手在身前絞得緊緊，「我眞的沒辦法，才答應她的……玥雪，妳一定可以體諒我的對不對？」

「體諒妳……什麼？」時玥雪懷疑自己聽錯了。

她是聽錯了吧？她的好朋友……怎麼可能會把自己當成犧牲品，帶來魔女面前？這未免太荒謬！

「體諒我做出來的選擇啊，我眞的是千百個不願意……可是我也沒辦法了，我眞的沒辦法了啊！」安石榴急促地說著，音量不自覺地高昂起來，可怕的回憶像無形的繩子掐住了她的脖子，讓她的聲音染上尖銳，「偏偏就是我碰上了魔女！」

那一日，像活物蠕動的紅薔薇封住了她的所有退路，危險的墨綠荊棘隨後再次平空生出。

還有，宛若從這兩者中誕生的綠髮少女。

安石榴連任何攻擊都還來不及使出，就被徹底地剝奪了行動力。她只能仰著頭，張大到極限的眼睛裡滲出了驚恐的淚水，看著荊棘像蛇纏上她的脖頸，尖利的小刺抵著她的皮膚，隨時都可能割斷她的脖子。

「妳聞起來很熟悉……很美味……」

那道人聲再次如此呢喃著，貼著她的耳畔，冰冷的吐息讓她手腳發冷。

這是第一次，她離魔女這麼近。

「我要吃了妳，妳的契魂力量很強，我喜歡美味的食物，太難吃的我不會放在眼裡。」

「不不不！」安石榴的淚水滑落臉龐，瀕死的恐懼讓她像溺水者，拚命抓握可以抱住的浮木，「我可以找來更好的……妳放過我，我可以為妳找來更好的！」

原本開始收緊的荊棘瞬間停下了動作。

綠髮魔女好似被她的話語勾起了興趣。

「更好的？更美味的？」

「對、對……」愧疚感和罪惡感只在心頭浮起一瞬，就被安石榴拋在了腦後。她只知道要抓住那一線的生還機會，而且無比堅信她說的那個人，會願意為她付出的。

因為那個人那麼好、那麼體貼善良，所以絕對會願意為朋友犧牲的！

「她、她……我說的那個人……」安石榴顛三倒四地說，「她擁有更強大的契魂，她的力量比我還強上數倍，她會比我更美味的……我發誓！」

綠髮魔女像被她說動了。

隨後趕過來的胡水綠永遠不會知道，她和魔女達成了只有她們彼此知曉的約定。

魔女放過了她，而她將會送上代替自己犧牲的那個人。

——時玥雪。

「魔女在我身上做了契約的記號，我不遵守的話一樣會死……我不想死……」安石榴撩起髮絲，露出後頸，皮膚上有一朵紅薔薇般的刺青。

接著，在時玥雪驚訝的目光中，那朵紅薔薇漸漸變淡，直到完全消隱在安石榴的脖子上。

「不見了……？」時玥雪訝異地說。

時玥雪的話讓安石榴心頭一鬆，她終於不用再提心吊膽著那個有如定時炸彈的記號了。

她緩緩走向前，握住了時玥雪的手。

時玥雪似乎因一連串打擊而懵住了，只能任由那雙白皙的手包握住自己那隻其實是由契靈化作的左手。

「玥雪，接下來就拜託妳了……」安石榴卸下了心頭的重擔，綻放出甜甜的笑靨，「我相信妳一定會爲了我犧牲的，因爲我是妳的好朋友啊。」

時玥雪不曾畏懼過什麼，但此時此刻，面對自己的朋友，她只覺寒意像條蛇爬上她的背脊；就連握著她左手的那雙手，也陰冷得讓她覺得像有蛇纏上了自己。

彷彿還能感受到鮮明的片片鱗片。

時玥雪猛然抽回自己的手，大步連退好幾步，拉開與安石榴的距離。

「安石榴，妳瘋了嗎！」這是時玥雪第一次連名帶姓地對她喊道：「妳知道自己在做什麼嗎？」

「知道啊。」安石榴說，「我在請玥雪幫我一個忙，朋友幫朋友……不是很正常的嗎？」

「而且、而且妳也答應過了，妳會幫我的忙！」安石榴的語氣倏地轉爲熱切，眼中閃動著讓人害怕的灼亮光芒，「妳答應我了，妳現在也知道我是逼不得已的！妳一定能諒解我的，對不對？」

時玥雪搖了搖頭，臉上的表情再也難以壓抑地轉爲震驚。

安石榴是認眞的。

她是眞的如此認爲。

「妳那麼強、那麼厲害，一直是我的榜樣，我的學習典範。妳幫了我那麼多那麼多……」

安石榴的雙手在胸前交抵著，忽然露出了一抹歉疚的笑容，眞摯不已地說：

「我知道這樣做很對不起妳……所以，我想到一個很棒的補償方式。妳的人生，我來幫妳完成不就好了嗎？」

時玥雪用著震驚又匪夷所思的視線瞪著安石榴，有如在看一個她從未理解過的生物。

「我們那麼像，甚至連時衛學長都把我當成妳……既然如此，我可以成為妳啊。我可以代替妳成為時衛學長的妹妹，妳不是也很討厭學長嗎？學長也說過，他喜歡像我這麼乖巧的妹妹。」

「我會努力當一個好妹妹的。我不會跟學長頂嘴，也不會跟學長吵架。除此之外，其他方面我會做得跟玥雪妳一樣好。畢竟變得跟妳一樣，一直是我堅持的目標呀。」

「我還寫了感謝的信要給妳，就像以往那樣，妳幫了我，我就寫信給妳。」安石榴拿出一個粉色的信封，「我有在信裡好好地感謝妳的付出，讚美妳的優點，因為妳是我最好的朋友。我不會忘記妳的，玥……」

安石榴的句子斷掉。她張著嘴，聲音卻像受到莫大震驚而哽在喉頭深處。她低頭，看著自己交抵在胸前的雙手。

白皙的手指本來是互相抵著的。

現在，手指不見了，只剩下兩個光禿禿的手掌。

安石榴天眞溫柔的笑臉一僵，她眨著眼睛，似乎一時無法明白發生了什麼事。

她看著手掌該是接連手指的位置，如今只剩下一片光滑的切面，結晶覆在上面，沒有鮮血瘋狂溢出，也沒有傳來疼痛。

但這樣反而更令安石榴想要放聲尖叫。

她沒有發出尖叫的理由，是荊棘唰地纏縛上她的半張臉，摀住了她的嘴巴，恐慌的淚水淹出了她的眼眶。

「石榴！」時玥雪因眼前驟生的這一幕尖叫。

「啊……騙妳的。」綠髮魔女咯咯笑起，笑聲卻沒有高低起伏，怪異得讓人心裡發毛。她將安石榴的十根指頭捲了回來，像吃零食般一隻隻塞入嘴巴，發出「卡滋卡滋」的聲音。

那聲音無來由地讓時玥雪顫慄了，依稀憶起自己好像在哪裡也曾聽過這種聲音……誰在吃著什麼，咀嚼著什麼，然後吞下肚。

時玥雪揮去模糊的記憶，強迫所有心神集中在眼前的綠髮魔女身上。外表像天真少女，然而雙眼空洞、毫無情感的魔女，抬起她的荊棘之手，將驚駭的安石榴扯了過來，她湊近對方的耳邊。

吐出一句句柔軟冷酷的呢喃。

「那不是契約，那只是對食物的記號而已喔。」

「不過就算記號沒了，我還是能吃掉妳，妳怎麼會相信污穢的承諾呢？」

「妳會對一個食物做出承諾嗎？連人類都不會做這種事了。」

安石榴試圖擠出字句，可地面上的荊棘霍地再度湧動起來，它們製造出更大的聲響。

唯有綠髮魔女的嗓音能清晰地穿透出來。

「模仿她、學習她、成爲她。」

「安石榴可以成爲時玥雪。」

「而時玥雪被魔女吃了，大家很快就會淡忘她。」

「因爲我可以取代她呀。」

魔女平直的聲音無預警有了波動，成爲和安石榴無異的柔軟聲音。

「我已經快變得跟玥雪一模一樣了。」

「一樣的微笑、一樣的表情、一樣的動作、一樣的穿著，距離完美只剩下一點點。」

「而當玥雪不在了，那點距離就會消失。」

驚慄的淚水從安石榴瞪大的眼睛裡湧溢出來，卻不是因爲心裡掖著的想法被猝不及防地掀了出來。

她不認爲那有什麼不對。

她可以取代時玥雪，成爲「時玥雪」的。

時衛學長也說想要更乖巧的妹妹。

身邊的人也常將她與時玥雪搞混，這不都說明了她可以做到的嗎？

淚水掉得更凶，安石榴驚懼地看著數條荊棘從她肩頭內貫穿出來。被刺穿的部分並沒有傳來疼痛，荊棘的末端如手指般虛握著，中心是一朵柔嫩的淡黃色花朵。

安石榴從學長姊那聽說過，人的契魂一旦被污穢掏出來，就會像一朵小花……

「看起來眞美味。」綠髮魔女在流著淚的她耳邊低語，「更美味的，我會留在之後。」

下一剎那，安石榴身上的束縛消失。她被一股外力一推，踉蹌地跌坐在地。

綠髮魔女就像是要特意展示給兩名少女看，舉著黃色花朵的荊棘尖遞至了她的嘴邊，她雙唇一張，殷紅的舌頭將花朵捲了進去。

喉頭滾動，咕嚕一聲吞了下去。

□

要說誰對時芽山最熟，那必定是時衛無誤了。

雖然尙不到瞭若指掌，但大致上的方位路徑，時衛心中都有個地圖。記下時玥雪失蹤前的最後定位點，他領著眾人往山內疾奔。

夕陽的最後一點餘暉如今也被夜色吞吃得一乾二淨，黑夜像張大網，圈圍住底下的一景一物。

眞正入夜之後，盤踞在山裡的黑暗變得更深更沉。沒有光亮照明之下，可以說幾乎是伸手不見五指，增加搜尋的難度。但這個棘手的問題，被胡水綠一個按鍵就解決了。

身爲帶隊的指導老師，他擁有清運場的管理權。離開主館前，他沒有忘記事先做了設定。等到暗夜完全籠罩銅芽鎮、時芽山，清運場的夜間安全模式開啓。

山裡瞬生異象，讓人驚疑是點點繁星從天空兜灑下來。

毛茅一仰頭，吃驚地睜大眼，瞳孔裡是越來越多的星光緩緩飄下。

「星星？」毛絨絨忍不住舉翅想碰觸，可是碎光穿過了他的翅膀，落至地面，再像融雪一樣滲入了地底。

「夜間安全模式，讓惹人煩的三歲小孩都能看得見眼前的阻礙，走路跑步不會被絆倒，增加大人的困擾，來自科研部的愛與關懷。」胡水綠就算在奔跑中說話，呼吸也沒有絲毫紊亂。

「我強烈懷疑中間有一大段話，都是胡老師你自己加上的眞心話。」帶路的時衛頭也不回地說。

「都知道是老師我的眞心話了，就不要再多問了嘛。」胡水綠彎起一個甜甜的笑容，「我都開這模式了，誰敢在路上跌倒，就打斷他的腿喔。」

毛絨絨頓時慶幸自己目前是小鳥狀態，不用擔心會因跌倒而生出斷腿危機。

「有這種模式的話，爲什麼前兩天不開？」黑琅不爽地說，「萬一朕的鏟屎官不小心因爲路太暗，磕著了哪裡，你賠得起嗎？啊？」

「陛下，你這樣好像怪獸家長喔……」毛絨絨用氣聲說。

「閉嘴，朕本來就是毛茅的代理家長了！」黑琅厲瞪過去，「凌霄除了迷路還會幹嘛？毛茅可是朕一手拉拔大的！」

「以上都是大毛的夢話喔。」毛茅的冷水潑得不遺餘力。

跑在最前方的時衛驀地煞住了腳步。

他們在最短時間內趕到了時玥雪最後被定位到的位置，然而前方不僅空無一人，而且在銀白色的光點照耀下，在他後頭的眾人都清楚瞧見——他們前方分岔出了不只兩條路。

就在這個時候，所有人的手機都震動了，「刷一刷」跳出警訊。

不管哪一條路，都有污穢的波動出現。

第九章

時玥雪全力奔跑著，身後的黑暗像隨時會有鬼影襲出。

但她知道在夜色和密林裡等待伺機而動的，是更危險的存在——魔女！

吞吃安石榴的契魂之後，綠髮魔女咧開了大大的笑，高聲地歡唱著詭異的曲調。

那頭綠髮末梢瞬間成了針錐狀，像眾多飛射的繩鞭，凶猛地追著她的身影而去。更多荊棘與驟然隆起的土壤混合成了詭異的人形，將她逼進了更深處的幽林中。

「快跑啊，快跑啊，看在妳也有令人懷念的熟悉味道，我就多享受點狩獵的樂趣好了。」少女空靈的嗓音幽幽迴繞，「不跑我就立刻吃掉安石榴的手腳身體，讓她一點也沒得剩下。」

時玥雪不能停下，也無暇思考所謂熟悉的味道指的是什麼，只能一頭栽進那有如怪物張大嘴的黑暗之中。

突然間，銀白的光點如星屑從上灑落下來，替幽暗的山林增添了點點微光。

這是……時玥雪反射性頭一仰，看見更多星光飄下，像是要照亮她的前路。

身為時常與科研部合作的時家人，她當下反應過來。

這是清運場的夜間安全模式開啓了！

換言之，胡水綠他們必定是察覺到不妥，才會有此行動。

而哥哥……肯定也會過來的！

猶如呼應著她的想法，也可能是脫離了磁場屏蔽的範圍，她的手機忽地傳來接連響動。有「刷一刷」的警報，有未接來電的提醒，還有訊息的通知。

時玥雪點開最上面一條訊息，來自於她的哥哥。

時衛：新魔女在時芽山出沒，代號睡美人，當心安石榴。

睡美人……時玥雪想到了那血紅的薔薇和碧色的荊棘，確實很符合那位魔女的代號。

而最後一句則讓她露出了無力的苦笑。當心安石榴……已經來不及了啊。

時玥雪不曉得自己的訊息能否順利發出去，但她仍是嘗試地打出了句子，交代自己大致的方位，還有……

石榴受傷，被挖出契魂，須要救援。位置是……

彷彿是上天賜予她的一絲運氣，傳送中的字句很快就成爲了傳送成功。

收起手機，時玥雪如同敏捷的羚羊在幽林內躍跳穿梭，沙沙沙的移動聲如影隨行，揮之不去。

魔女追過來了。

時玥雪一路跑到樹木較少的空地處，她果決地停下腳步，手指按上金屬手環，開啓了一鍵換裝，海藍系的戰鬥服轉眼取代了便服。

少女頭戴貝雷帽，白金色的髮絲垂散下來，層層疊散的潔白裙襬像盛綻的白花；黑白條紋的蝴蝶結中心鑲著鐘錶面盤，筆直的藍色長靴將大半雪白膚色遮掩起來。

時玥雪站得如雪松般挺直，長劍直指著前方的漆黑之處。

似乎很久，又似乎只不過是幾個眨眼間，荊棘與薔薇就從黑暗中擁出來了，它們的色彩在微光下更顯不祥。

像血液澆灌的紅，像青色血管的綠。

時玥雪飛快開啓回收場，讓大把光絲朝著天幕直衝，絲線交繞編織，像張大網圈住了周遭的領域。

清運場終究是練習用場地，魔女的力量很可能會打破這空間的防護，使得現實遭受波及。

爲了預防萬一，回收場依舊是必須開啓的。

深暗的山林與銀白的微光一晃眼便失去原本色彩，鮮艷刺眼的橘與黃刷上了回收場內的一切景物。

除了時玥雪和睡美人的荊棘薔薇尚維持著原來色調，樹木、天空、草葉、泥土地，還有冉冉飄下的光點，全成了橘色與黃色。

「妳停下來不跑了，眞可惜。」睡美人說，她的聲音毫無預警地從時玥雪的斜後方接近，

「妳在等誰來救妳嗎？不，來不及的。」

時玥雪一驚，立刻揮劍向後劈刺，銳利的劍勢卻只劈到一團崩塌的土。她連忙再回過身，被荊棘與薔薇圍繞的魔女，這一刻終於進入她的視野內。

「這座山裡的污穢比妳以爲的還要多，它們是我去更遠的地方帶回來的。我不喜歡時常外出哪，所以我養著它們，吃著它們。而現在，我沒吃完的那些就派上用場了。」

睡美人抬起荊棘的手，虛點一下。平靜的大地瞬時晃動，土壤迅速隆起堆高，並且從內部鑽冒出更多荊棘。

荊棘與橘土融合在一起，成爲詭異的人偶。

「不管妳等的是誰，污穢都會絆住他們的腳步。別擔心，我會好好享受妳的滋味的。然後我還得去山下收割我的獵物，我感覺得到她們現在最適合入口了。」

多個人偶不約而同地朝時玥雪展開攻擊，荊棘在它們手上交纏成形狀不一的武器。

時玥雪以劍抵禦，再抓緊空隙凌厲地反擊回去。

密集的劍光在橘黃世界裡閃耀，泥土塊不時跟著飛濺出來，砸在了地面，又迅速被大地吞噬進去。

時玥雪邊閃躲邊揮劍，凶猛的劍勢快速削減人偶的數量。

但蠕動的大地很快又重新孕育出新一批人偶。

它們更巨大，更難纏。

被圍困在中間的白金髮少女宛如弱小的羔羊，彷彿下一剎那就會被撕裂。

「跑啊、跑啊，怎麼不跑了？」睡美人坐在荊棘王座上嬌笑，只是就連笑聲也空洞得不帶人氣。

面對越漸猛烈的攻擊，時玥雪沒有退縮，仿生契靈在她手中被舞動得威風凜凜，銳利的劍鋒斬斷企圖逼近她的荊棘。

下一秒，時玥雪抓住眼前的空隙，幾個踏步，藉由大型人偶的手臂作爲踏墊，纖細的身子如飛鳥脫出了人偶們的攻擊圈。

當她從空中翻身落地的瞬間，仿生契靈從她指間脫出，像是疾射的箭矢，快狠準地衝著荊棘王座上的綠髮魔女而去。

時玥雪瞄準的是魔女的胸口，那是可能藏有核心的部位之一。

猝不及防的偷襲幾乎讓劍尖逼近了魔女的身軀，但終究只是幾乎。

魔女身下的荊棘快一步地攔截下了長劍，它們眨眼就完全包覆住長劍，還能聽見金屬斷裂的聲響自內傳出。

等到荊棘鬆開後，仿生契靈頓成了數塊廢鐵，匡啷地掉落在地。

「區區的人造契靈，怎麼能與污穢抗衡呢？」睡美人從王座上走下來，那頭淡綠長髮在無風的空中飛舞，帶著針錐的髮絲似乎在不斷變長。

霎時髮針隨著人偶一同發動了攻擊，急速向如今手無寸鐵的時玥雪靠近。

越來越近，越來越近。

眼看人偶的大手就要抓握住那柔軟的身軀，眼看鋒銳的髮針就要扎進那雪白的皮膚內——

時玥雪目光凜然，她的左邊袖子立時塌了下去，變得空空蕩蕩。一把造型特異的柴刀被她的右手緊緊握住，以快得讓人反應不過來的速度，將探來的泥土手掌削成了無數碎片。

土片紛飛中，柴刀繼續凶悍地對上髮針，俐落地將多束髮絲一斬而斷。

睡美人發出了近似驚訝的音節，旋即一切來自於她的攻擊竟然全都停止了，彷彿有誰按下了靜止鍵。

下一瞬，人偶崩散，回歸土地；在空中狂舞的綠髮溫馴地回到了睡美人身邊。

面對這古怪的現況，時玥雪沒有放鬆絲毫警戒。

「啊啊……」這一次，睡美人空寂的聲音眞正地產生了波動，就像人類的喜悅情緒。她往前走，荊棘與薔薇跟著她一併前行，帶出讓人顫慄的異響，「原來如此，安石榴的味道是沾上妳的。」

時玥雪聽不懂睡美人在說什麼，她不假思索地再次以單手揮舞著自己的契靈，要給主動送上前的對方來個不留情的攻擊。

悍然的刀鋒卻在睡美人吐出下一句之際，硬生生頓住了勢頭。

「我記起來妳是誰了。」

時玥雪一臉愕色，桃紅眼眸瞪大，無論如何都沒想過自己會與魔女有所牽扯。

怎麼回事？睡美人曾經看過我？接觸過我嗎？

「我記起來妳是誰了。」睡美人開心地重複一次，語調像在歌唱一樣，「怪不得妳的味道那麼熟悉，那麼讓我懷念。」

兩條墨綠的荊棘迅雷不及掩耳地捲纏住時玥雪的手，奪走了她的契靈，遠遠往旁一扔。

睡美人將稚嫩的少女面孔湊近了時玥雪，對她說：

「妳是至今最讓我念念不忘的食物啊。」

一股冷意竄上時玥雪的背脊，她知道自己該召回契靈，該馬上再採取反擊。但睡美人的話語就像有著魔力般，釘住了她的動作。

「妳不記得了嗎？」睡美人的金眸無神空洞，嘴角兩側卻越揚越高，成爲歪曲的弧度，她對時玥雪的傾吐如甜言蜜語。

「十五年前在榴岩翡嶼，是我吃了妳的手呀。」

十五年前，榴岩翡嶼……榴華分部的污穢暴動事件！

時玥雪瞳孔劇烈收縮，臉孔煞白，身子控制不住地顫抖著。有什麼猛地急遽湧上，如同突來的大浪，無情地將她整個人淹沒。

那是被她遺忘的過去。

她以為再也找不著，但其實是被牢牢封鎖在最底處的記憶之盒，「啪」地一聲彈開，無數的畫面流進了她的腦海。

一幅又一幅，如此鮮明，彷彿從未褪色。

她看見了小小的她隨著家人一起到過去的榴岩翡嶼分部，去看在那邊工作的媽媽。那個廣袤的地方對年幼的自己來說就像一個巨大的新世界，她搖搖晃晃地下了樓梯，瞞著家人偷偷去了位在地下室的科研室。

污穢的暴動就是在那時候、毫無預警地發生的。

場面混亂，尖叫聲、怒吼聲，以及令人害怕，像是某種恐怖野獸的重重嘯聲。

那是超乎她所能想像的駭人存在，它們就像電視上曾看過的怪物，有著可怕的長相，可怕的聲音，它們的眼睛是跳動的白色火焰。

怪物揮動著爪子、尾巴，用任何尖銳的部分大肆破壞一切，包括它們的牙齒。

她不能理解究竟發生了什麼事，她只知道嚎啕大哭。

最後在淚眼朦朧中，她看見了一隻怪物張大嘴，咬下了她的手，「卡滋卡滋」地咀嚼著，然後吞進了肚子裡面。

而現在，那隻怪物從記憶裡活生生地躍跳出來，就站在她面前。

睡美人稚嫩的少女外表像被粗暴的外力擊碎，白瓷般的臉頰浮上裂紋，然後一塊塊地剝裂。金色的眸子成了深黑凹陷的窟窿，裡頭燃起熾烈的蒼白之火。

她的體型迅速脹大撐大，頭顱扭曲了形狀，形如花瓣的多枚堅硬物質從脖子處聳立起，邊緣向內凹曲，一道切口從中間裂開，成了駭人的嘴巴。

肩胛部位骨頭突出，像是兩片巨大的翅膀；荊棘的尖刺鑽出了她的皮膚底下，宛如一層堅硬難攻的盔甲。

年幼時見到的惡夢乍然復甦。

時玥雪的腦海呈現一片空白，控制不住的懼意讓她手腳冰冷，身體全然不聽她的使喚，無法動彈。

早就不可能再疼痛的左臂，瞬間被劇烈痛楚包圍，撕扯著她的神經，冷汗從額角沁冒出。

她又像變成了當年那個只知道發抖和大哭的小女孩，毫無還擊的能力，只能眼睜睜看著怪物張大嘴，步步逼來——

數道鋒利的白光疾若流星，掠閃進時玥雪與睡美人之間。

巨大的鐮刀硬生生扛下了絞捲成粗壯一束的荊棘。

碧色的髮針則被發光的白羽釘住。

「是誰！」睡美人對於自己的進食時間被打斷顯得驚怒萬分。

同時，時玥雪就像霍然從夢境中驚醒過來。她喘著氣抬頭，望向鐮刀的目光裡盛載著不自覺的驚喜和安心。

那是屬於時衛的契靈。

她的哥哥……終於是及時趕到了。

接著她注意到那些像結晶的羽毛，驚訝在她的臉上躍現。那是什麼？她不知道有誰的契靈是以這種型式呈現的……

「小雪！」時衛的身影下一刻闖入了橘黃的空間之內。

跟著他而來的，還有毛茅、黑琅，以及毛絨絨。其中最後一名白髮少年背上，赫然張著一對剔透的結晶翅膀。

時玥雪吃驚極了。那名白髮少年，難道不只是毛茅的家屬這麼簡單嗎？

但接下來發生的一幕，更讓她震驚得難以言語。

「大毛！」毛茅活力充沛地大叫一聲，本來跑在他身側的高大黑髮男人，頃刻間竟成了一團朦朧氣體。

時玥雪不敢置信地摀著嘴。

再下一瞬，那團煙氣凝聚爲新的形體，在毛茅手中成爲了一柄泛著墨光的漆黑長鞭。

「什麼!?」時玥雪失聲喊出，「人怎麼可能……」

毛茅對著她豎起食指，眨了下眼睛。旋即他甩動長鞭，纏捲上從睡美人身上竄射出的另一波荊棘，替時衛掙得了衝越過去的空檔。

毛絨絨也雙翅一振，讓自己凌空飛至時家兄妹前方，那對徹底延展開的翅膀就像防護盾一樣。

時衛衝到了自家妹妹身邊，他看起來氣喘吁吁，連一丁點優雅都不復存在。

「小雪妳還好嗎？有受傷嗎？」

「哥哥……」

逸出時玥雪喉嚨的聲音帶著哽咽，她眼眶一熱，猛地用右手緊緊抱住了自己的兄長，像尋求安慰般將臉埋在他的胸膛裡。

時衛輕拍著時玥雪的後背，喘急的呼吸也逐漸調整過來。

從時玥雪的反應來看，她顯然沒受到什麼傷害，這讓時衛一直高懸的一顆心終於放下。他吐出一口氣，閉了下眼。

那雙桃紅的眼睛再睜開，已恢復接近冷酷的冷靜。

時衛絕不允許自己的妹妹再一次受到傷害。十五年前他趕不及，等他能到小雪身邊的時候，她已經在那場污穢意外暴動中，永遠地失去了她的左手。

「哥哥，石榴她……」時玥雪想要讓自己的語氣平靜一點，可仍是流洩出了一分迷茫。縱然安石榴毫無猶豫地將她捨棄，她還是下意識地關心著這位曾經的朋友。

「有人會負責的，用不著擔心她。」時衛最後的幾個字藏起了對安石榴的滔天巨怒。

即使不知道這中間發生了什麼事，但單憑著安石榴留在手機裡的影片，和那個證明與魔女接觸過的薔薇花印記，還有她將時玥雪帶離山莊的舉動，時衛不用費力猜想，都能知道……安石榴不懷好意。

更甚者，她恐怕是故意將小雪帶給睡美人的。

「妳做得很好，接下來我們會處理。」時衛說。「小不點人雖矮，他的眞仿生契靈挺厲害的。」

「我聽到你說我矮了，社長！」毛茅頭也不回地嚷，「說人矮的人才會長不高！」

「反正我夠高了。」時衛丟出了反擊，再對著時玥雪解釋，「他的兩個家屬都是。是科研部早期研發，但後來放棄的實驗。」

時玥雪一怔，依言望向了擋在他們前頭的毛絨絨，還有那條在毛茅手中敏捷得宛若有生命的黑色鞭子。

不，不是宛若。

那條鞭子確實有著生命，它是由黑琅變成的。

「詳情妳之後可以問胡老師，現在……舍妹承蒙妳『照顧』了。」時衛又拍了下時玥雪的背，再慢慢地鬆開。他凌厲的目光直視向完成異變的魔女，鐮刀在他的意念操控下從地裡拔出刀尖，回到了他的手邊。

「社長，這次需要多久？」毛茅擋下又一波攻擊，高聲問。

「十分鐘。」時衛說的是他能再使用契靈的時間。

「好喔！」毛茅愉快地說，「那就讓我們十分鐘內解決完畢吧！」

這響亮的尾音，就像是個點燃戰火的訊號。

時衛抄起他的契靈，身形像條快捷閃電，幾個呼吸間已大幅縮短了與睡美人的距離。

毛茅抽回長鞭，扭身奔向另一邊，和時衛一同夾擊睡美人。

從地底下冒出的荊棘阻止著他們的去路。

緊接著，怪異的景象出現了。

數朵紅色花苞平空在荊棘上開出，接著體積增大，大得超乎一般人對於花朵的認知。

花苞遠遠超過了成人大小，隨即緊閉的花瓣朝外綻開，一瓣接著一瓣……

巨型紅薔薇完全盛開之際，所有人也都看見了花苞中央竟是一座由荊棘編織成的牢籠，籠裡關著相貌融合著野獸與金屬特徵的……

污穢。

「我想看看食物與食物間的鬥爭。」睡美人發出不符合她恐怖外貌的空靈嗓音，「當然，我最鍾意的食物，它們不會去動妳一根寒毛的。因爲我要好好地、細細地，將妳從頭到腳都吃得乾淨，才不枉費這十五年間的等待。」

被白火注視的時玥雪咬著嘴唇，極力壓下了從心底竄生的顫慄。

十五年？時衛被這個關鍵字眼觸動。

十五年前，就是時玥雪失去左手的時間點！

「妳這話是什麼意思？」時衛厲聲逼問睡美人，「小雪當年……」

「哥哥，那些污穢是她從其他地方抓回來豢養的食物！」時玥雪放聲高喊，打斷了時衛的質問，「她養了很多隻，把其他的都放出去了！」

「啊，怪不得那時候『刷一刷』會跳出那麼多通知。」毛茅恍然大悟。

「小雪，十五年間的等待是怎麼回事？」時衛沒有讓妹妹有閃躲的機會，執意得到答案。

時玥雪喉頭乾澀，「十五年前……」她用力閉上了眼睛，「十五年前，就是她吃掉我的左手的！」

那一聲豁出去的大叫，就像是一記落雷砸下，震得在場眾人足足有幾秒鐘的時間反應不過來。

「妳、妳的左手……」毛絨絨大驚地扭過頭，直到此時才發現時玥雪的左袖一片空蕩。

時玥雪早就習慣類似毛絨絨這般投來的眼神，她無視對方的驚愕，右手五指微攏，形成一個像是抓握什麼的動作。

就在這瞬間，荊棘牢籠開啓，躁動的污穢有志一同地選擇了時衛作為首要目標。

「啊啊，果然又是這情況啊。」毛茅嘴上習以爲常地叨唸著，卻是矯健地追著一隻污穢，漆黑的鞭身冒出了鋒利的光羽，「唰」地朝著前方揮甩出去。

與此同時，時衛站在原地不動，似乎無法消化那驚天的事實。可實際上，劇烈的怒氣在他體內就像火山爆發，衝湧向四肢百骸，讓他的指尖都感到了一股灼燙。

就在外表肖似猴子的污穢要張手抓探向時衛之際，那抹靜佇的人影霎時消失了。

污穢臉上露出了困惑的表情，手還維持著往前抓的姿勢。

然後，那隻覆著絨毛的粗大手臂就掉了下來——和它的前臂分離，在橘色土地上敲擊出沉悶的聲響。

污穢一時像不知道發生什麼事，直到劇痛衝擊它全身。

痛苦的嚎叫衝出了喉嚨。不只是那隻伸出的手臂，它的身軀也在愣住的短短片刻間被利光分解下好幾塊。

鐮刀在時衛手中翻轉得又快又猛烈，他幾乎是以一種粗暴的方式將那隻像猴子的污穢解體，狠狠地擊碎了核心。

站在一地的晶砂湖泊中，時衛衝著睡美人扯開一抹獰笑，「妳對舍妹所做的，我絕對會千百倍奉還。」

睡美人輕歪了下那顆怪異的頭顱，接著她噘著嘴，吹出了尖銳的口哨聲。

林內頓時發出不祥的響動，植物成群結隊擁出。它們的枝蔓捲塑出尖牙、利爪和犄角的形狀，荊棘則加強了它們的攻擊性。

那些失去本身色彩，被染成橙橘或明黃的植物就像拼湊出來的猛獸，凶猛地撲向了時衛和毛茅。

毛絨絨看得心急難耐，巴不得自己能分出三頭六臂前去幫忙，突然，他身後衝出了一抹人影。

毛絨絨震驚，「時玥雪!?」

一身海藍的少女充耳不聞，她持握著重新聚形的柴刀，像隻疾速的燕子加入了戰局。

眼見該被自己保護的人把自己甩在後頭，毛絨絨趕忙飛身上前，羽翼尖同時一甩，多枚鋒利羽毛刺穿了那些試圖抓咬撕扯眾人的畸形生物。

時衛瞥見時玥雪的到來，他沒有質疑自己的妹妹爲什麼過來，而是和她一塊合作無間地展開攻擊。

柴刀與鐮刀勢如破竹地掃盪衝來的最後一隻污穢，以及那些由植物拼組成的「野獸」。

時衛對著毛茅喊，「小不點，你的直覺夠準吧？」

「就和我抽到紅薔薇聖女一樣地準喔！」毛茅歡快地回應道，閃著銳光的黑鞭在他身邊圍成環狀，光羽將飛來的荊棘絞碎。

即使是在此種場合，時衛還是忍不住想咂舌。

紅薔薇聖女，那個號稱最難抽到的限定SSR卡，毛茅竟然已經抽到了!?

這是什麼運氣！

這個念頭只轉了一瞬，就被時衛扔到旁邊去，「六分鐘，我和小雪輔助，你負責找到她的核心。然後……」

他優雅的唇角滲出猙獰。

「我要將它戳個稀巴爛。」

「沒問題的——」隨著那聲拉得綿長的尾音，毛茅身子登時像射出槍口的快疾子彈，與時衛、時玥雪兵分三路，圍攻向睡美人。

毛絨絨在最外圈作爲支援，只要看到哪邊情勢吃緊，結晶羽毛就立刻朝那飛射。

「煩死了、煩死了，不管十五年前或十五年後，除穢者都該像小蟲一樣，乖乖地被碾死在我們的指頭下！」

睡美人的不耐和憤怒被眼下場景再次挑起。她的荊棘手臂接連捲起一旁的大樹，朝著那幾抹在她眼中渺小的人影丟了出去。

被連根拔起的樹木像個巨大滾輪，迎面就要撞上眾人。

時衛與時玥雪拔高身形，腳尖在樹幹上一蹬又躍下，任其往後撞上其他樹木，沒有因而停下他們進攻的腳步。

兄妹倆合作無間，鐮刀、柴刀不斷劈砍接二連三冒出的荊棘與薔薇，他們持續往前逼近。

另一邊，毛茅的做法更簡單。黑鞭的尾端纏上了睡美人如同盔甲的荊棘刺，借力高高一盪，不但輕易躲避過樹木的衝撞，更是迅速拉近與睡美人的距離。

睡美人的反應亦是不慢，髮針即刻揚起，要削斷那截黑色的長鞭，不讓蟲子近身。

「毛絨絨！」毛茅果斷收回鞭子，他的身子頓時往下墜，但臉上沒有畏懼，反而揚起了遊刃有餘的笑容。

說時遲，那時快，白影掠閃。

毛絨絨拍著他的雙翅，迅速地接住了毛茅，隨即又卯足了勁，將他往前拋扔。

黑鞭瞬間自動延展，這一次勾住的，是睡美人頭顱像是花瓣的硬質物邊緣。

毛茅的動作太防不勝防，睡美人壓根來不及反應。

毛茅跳了下來，在那些突冒的荊棘刺中靈敏穿梭，魔女巨大的體型反而讓他便於在上面活動。

睡美人舉起手，想將那隻侵門踏戶的蟲子抓扯下來，然而兩束荊棘剛要有動作，就被閃著利光的銳器絆住。

時衛和時玥雪分別牽制住睡美人的兩隻荊棘之手。

毛絨絨拍振雙翅，羽毛阻撓著睡美人的髮針。

毛茅靠著直覺尋找睡美人的核心所在，他的運氣一向相當好，所以——

「就在這裡！」

毛茅手中黑鞭轉眼改變質地，從柔韌轉爲堅硬，像柄攻無不破的利劍狠狠地戳刺下去。

卻往預估中的核心位置偏移了十來公分。

毛茅還記得時衛的交付。

「社長，找到了！我戳下的地方再往右十公分！」毛茅雙手緊握著鞭柄，以防自己被睡美人霍地變得劇烈的震動甩下。

毛茅的這一擊讓睡美人眞切地感到危險。她的核心暴露了，她必須快點脫離這個地方！

時衛一眼就看穿睡美人的意圖，「小不點，再拖住她！」

再伸手掏出手機，往毛絨絨方向一扔。

「快速撥號按4，開免持，直接跟對方說可以問了！」

問、問什麼？毛絨絨連忙接住拋來的手機，在無數疑問充斥下，手忙腳亂地照著時衛的吩附做。等手機被接通，他馬上大喊一聲。

「可以問了！」

「妳們幾個人形污穢，是怎麼逃出榴岩翡嶼的？」

毛茅他們熟悉的男聲從手機裡傳了出來。

「澤老師？」時玥雪辨認出聲音的主人是澤蘭，旋即她領悟到這通電話的意義。

澤蘭有著一項與生俱來的天賦——他能夠強制逼問鎖定目標一個線索。

睡美人對於手機中傳出的質問嗤之以鼻。

多麼愚蠢，怎會以為有辦法從她這裡獲得……！

眼洞裡的白火忽地猛烈搖曳，洩露出她的震懾。她發現自己竟然控制不住聲音，像是有股看不見的力量在擠壓著她的喉嚨，將音節從裡頭用力推搡，逼得她張開了嘴。

「是……是他放我們出來的——」

幾乎就在睡美人仰天尖叫的同一時間，橘黃色的世界裡無預警劃過了兩聲槍響。

一聲來自上方，一聲來自毛茅的斜後方。

本能讓毛茅在聽見槍聲的瞬間就抽鞭閃避，從睡美人的身上跳了下來。

在高空的毛絨絨看得最清楚，一顆子彈打進了睡美人的腦袋裡，一顆子彈則是不偏不倚地沒入了核心的所在位置。

睡美人的頭顱被粗暴地開了一個大窟窿，邊緣盡是燒焦的痕跡。這對她來說不算小的傷害，卻沒有令她發出痛嚎。

睡美人就像被切斷電源的機械，停止了全部的運轉。她僵直不動，半晌後，那具龐大的軀體崩塌成大把大把的發光砂子，往下沖刷……

最末，在橘色土地上留下的是水晶般的結晶花葉，以及雙手縫製成粗糙荊棘樣式的布娃娃。

「怎麼回事？」從武器變回人形的黑琅當下暴躁地發難，「是誰開槍的！要是差點打到朕的鏟屎官怎麼辦？」

「澤老師難道也來了？」突如其來的槍響，讓毛茅下意識想到澤蘭，對方的契靈就是一把獵槍。

「不，我還在榴岩市。」澤蘭否定了他的猜測，「我也很希望我能學習如何分身。」

「那你就真的不是人了。」時衛朝毛絨絨的方向伸手拿回了自己的手機，「我知道是誰了，這邊的事我可以搞定。澤老師，你們快去研究線索吧。」

切斷通訊，被搶去破壞核心機會的時衛將鐮刀往旁一扔，雙手環胸，勾起冷笑。

「項冬、項溪，出來。」

一聽到這兩個名字，毛茅眼睛亮起，內心還不禁有絲小激動。他終於要見到那兩位一直只聞其名不見其人的神祕社員了嗎？

「早就出來了。」一道少年嗓音從樹梢上落下。

「剛好看見污穢，順手就一槍，不用謝。」另一道與前者幾乎一模一樣的聲音，則來自於後方。

毛茅先反射性地抬頭往樹上看。

一名綁著公主頭、紮著髮帶的紫髮少年，就蹲踞在一根細得像會撐不住他體重的樹枝上。他的眼珠也是深紫色的，額前的幾綹髮絲挑染成黑色。五官俊朗，臉上帶了抹漫不在乎的神色，手裡握著一把白色短槍。

毛茅再扭頭往後看，他做出了一個「哇喔」的嘴形。

站在後方的少年和樹上的那位，簡直就是同個模子印出來的。除了額前的髮絲是挑染成白色，其他特徵⋯⋯

毛茅決定省略過多敘述，反正就是一樣。

顯而易見地，這是一對雙胞胎。

項溪輕巧地自樹上躍下，落地時幾乎沒發出響動。

項冬也邁出了步伐。

然後這對兄弟下一刻做出的舉動卻是令人大吃一驚。

「項冬、項溪，你們這是做什麼？」時衛放下環胸的手，語氣轉為嚴厲。

兩名外貌如出一轍的紫髮少年，竟然冷不防地雙雙舉起白色短槍，槍口分別對著毛茅的額頭和後腦勺。

被人用槍指著的毛茅，還是一副遊刃有餘的笑容。

「朕有允許你們倆把槍對著朕的鏟屎官了嗎？」黑琅陰森地說，銳利的爪子就抵在挑染黑髮的項溪脖子後，隨時可能割斷那以男性來說格外白皙的頸子。

毛絨絨的結晶羽毛則如一排利刃，齊齊瞄準了項冬。

「我認識你們嗎？」毛茅輕快地問道：「我想我這是第一次和兩位學長見面呢。」

「很多次。」項冬說。

「以我們單方面來說。」項溪說。

「項冬、項溪。」時衛的語氣加入了濃濃的警告，「再不把你們的契靈放下，我一樣送你們到澤老師的實驗室。」

兩柄白槍有志一同地放下了。

「大毛、毛絨絨。」毛茅也喊了一聲，讓自家的兩隻寵物收回敵意，不再擺出欲攻擊的姿態。

毛絨絨最是乖順。黑琅不爽地發出咂舌聲，最後還是收回了爪子，但一雙金眸依然狠狠地盯住那一對雙胞胎兄弟，以免他們再搞什麼小動作。

「哥哥，他們是您的社員嗎？」時玥雪讓自己的契靈散逸，重新成爲她的左手。她常看見木花梨、白烏亞，但面前兩位紫髮少年對她而言，相當陌生。

「項冬。」時衛先指向挑染白髮的，再指向挑染黑髮的，「項溪，都二年級。」

「我是哥哥。」項冬率先舉手，臉上沒啥表情。

「他是弟弟。」項溪直接把手指向項冬，臉上同樣也沒啥表情。

「所以誰是哥哥誰是弟弟呀……」毛絨絨被兩人搞混了。

「白痴，這一點也不重要。」黑琅鄙視地說，「重點是你們兩個，朕說的就是你們兩個頭髮沒毛茅紫得漂亮的傢伙！」

「胡扯，明明我的好看。」項冬挑起一綹髮絲。

「錯，是我的。」項溪冷冷回擊。

時衛想翻白眼了，這時候他無比希望木花梨能在場，那麼他就可以將這一票小鬼丟給她去處理。

反正毛茅都說過了，木花梨是除魔幼兒園的園長。

「哥哥，您是社長吧？」時玥雪的潛含意就是要他趕緊把場面穩定下來。

「眞是的，麻煩死了……」時衛拉長語調，雙手拍擊，響亮的聲音讓所有人的目光下意識全移轉過來，「項冬、項溪，解釋一下你們來的原因，還有拿槍抵著一年級學弟的原因。不好好交代清楚的話……」

時衛不拿澤蘭來威脅他們了，他勾起慵懶華貴的微笑。

「花梨會很樂意逐字詢問清楚的喔，搭配著《冥王星寶寶》的動畫播放。」

毛絨絨想到那些無止盡的早安、午安、晚安，他搓搓手臂，想要打個哆嗦，覺得這聽起來是個恐怖的酷刑。

項冬、項溪臉上同時出現了嘴角抽搐的表情。

毛茅覺得很有趣，他們倆連表情都像同步化了呢。

「回答呢？」時衛問。

「一，來刷分。分數刷完了，有到基本分就行了對吧？」項冬說。

「打工結束了，來刷積分。」項溪說。

「人群恐懼症的設定呢？」時衛輕哼一聲，就知道之前他們又在亂掰藉口，「算了，那二呢？」

「看看自己的收貨對象。」

「有什麼不對嗎？」

項冬、項溪一搭一唱地說，說出來的內容卻讓人大吃一驚。

「收貨對象？什麼意思？」黑琅臉一沉，轉頭瞪向毛茅，「毛茅，你是不是背著朕偷偷買不該買的東西了？」

「會幹這種事的明明是陛下你吧？」毛絨絨小聲吐槽。

黑琅懶得理他，反正回去再好好「料理」他一頓就好，他繼續嚴厲地瞪著那對紫髮兄弟。

時衛也懶得再喊他們的名字了，他拋給兄弟倆一個坦白從寬的眼神，自顧自地解開回收場，拿出手機與各方聯絡。

項冬、項溪像是變魔術般地從懷中拿出了一束橘色的花，再雙雙遞向了毛茅。

「謝謝，但我不收男人的花唷。」毛茅笑得天真。

「我們也不送男人花。」項冬、項溪冷淡地說，「這是代送的，我們的雇主要我們幫忙轉交的。」

不知不覺，正常的色彩漸漸回歸了這個空間。

幽深的密林，似星屑的微光。

還有紫髮少年們手上拿著的橘黃色花束，花形像小型漏斗。

「你還沒想到嗎？洋芋片可不會從天而降。」項冬說，「要溜進去很麻煩的。」

「擅闖民宅眞的很麻煩。」項溪直接坦承他們的犯法行爲。

毛茅、黑琅和毛絨絨對視一眼，剎那間回想起了——總是會神不知鬼不覺出現在大門外的洋芋片箱！

箱子外，就是畫著同樣的橘色花朵。

毛茅和黑琅恍然大悟。

項冬、項溪手上拿的是凌霄花，他們口中的雇主就是……

啊！爸爸／凌霄！

尾聲

不平靜的夜晚就這麼過去了，留下的兩校社員們迎來了第四天，同時也是這場合宿的最後一天。

在經過昨夜的那場騷動之後，胡水綠手一揮，宣告訓練取消。由於項冬、項溪是最後才闖進時芽山的，那時偏偏又陷入與污穢和魔女的戰爭中。爲免兩人的分數有爭議，決定這回的計分通通歸零，大家下次再接再厲。

自然也就沒有能夠達成願望的贏家了。

清運場被關閉，離銅芽鎮最近的分部派了人員前來支援，他們要確認睡美人豢養的污穢是否全被肅清完畢。

安石榴被連夜送下山，除穢者會將她送往協會的醫療機構。

鎮上陷入不明昏睡的年輕女性，也陸續清醒過來……

看著主館外明亮的日光，毛茅伸了伸懶腰，腳邊是整理完畢的行李。來時裝滿著洋芋片的特大背包，如今不再鼓鼓囊囊。

毛茅是動作最快的，他站在主館的玻璃窗前，看著停在外面的兩輛車子。一輛是載他們回去的，一輛則是時家兄妹要搭乘的，他們倆要直接返家。

「怎麼就你一棵豆苗站在這裡？」時衛的聲音太有辨識度，就算是從遠處傳來，也能讓人第一時間知道是他。

「是毛茅。」毛茅不厭其煩地糾正，「社長，拿出點五歲該有的模樣好嗎？不要再亂叫別人的名字了。」

時．五歲．衛扯動唇角，態度就是大剌剌的「我不要」。

「大毛和毛絨絨吵著要把握時間，泡最後一次溫泉，小青陪大毛去了。烏鴉學長他們還在樓上收拾東西……五歲的社長，需要我一一把人名數給你聽嗎？」毛茅露出可愛的笑容。

「不用了。」時衛不想聽他唸那麼一大串。

白烏亞、木花梨、黑梟、項冬、項溪，還有高甜，這還眞是榴華除魔社的全員集合了。

「社長，問你喔。」毛茅說，「當初爲什麼會挑我當賄賂對象呀？」

時衛還是頭一回看見有人把自己遭受賄賂一事，說得如此理直氣壯、興致勃勃。

爲什麼會挑上毛茅？

許多理由在時衛腦海中轉過一圈。

例如，高甜和白烏亞雖然有各自的願望，但更希望讓毛茅面對更多的污穢好作磨練。

例如，海冬青想替黑琅贏得三年份的貓罐頭，但是黑琅絕對還是會站在毛茅那邊，私下估計會嚴令海冬青別跟毛茅搶污穢。

最後，時衛只說，「剛好看你矮得順眼。」

毛茅露齒一笑，「我要跟時玥雪說……」

「跟我說什麼呢？」優美的嗓音忽地傳來。

毛茅和時衛回過頭，拎著包包的時玥雪從後走了過來，她也整理完畢了。

「說社長的運氣不太好啊，想抽的角色一直抽不到呢。」毛茅再自然不過地轉移話題。

「胡說什麼，我一定會抽到紅薔薇聖女的。」時衛信心滿滿道，「別小看課長的威力。」

聽見手遊的話題，時玥雪的眉毛微微挑揚一下，但卻不像平時對時衛冷嘲熱諷了。

「不管怎樣，您可不要被哥哥帶壞了。」時玥雪柔聲地說，抬頭挺胸走過毛茅身邊，白金色的髮絲末端飄揚起小小的弧度，散發著淡淡的清香。

毛茅只覺得納悶，「她爲什麼突然要對我用敬語？」

「這表示她很喜歡你啊。」時衛懶洋洋地說，「她對喜歡的人都會用敬語哪，小不點，例如對我……你那什麼眼神？」

時衛不悅地瞥向了毛茅。

「沒有啊，只是『你帥你說的對』的眼神。」毛茅無辜地聳聳肩膀，沒把肚子裡的眞心話說出來。

社長是不是忘記了，他的妹妹就算對他使用敬稱，從那張嘴唇吐出的依舊是如狂風暴雨的嘲弄。

所以毛茅決定，對時衛的話要大打百分之九十八的折扣，他是不會相信的。

高甜、白烏亞、木花梨、黑梟，以及昨晚才來的項冬、項溪也陸續下樓了。

「你們先去把東西放車上吧。」時衛說，「黑色的那台。」

「那我去叫大毛和毛絨絨……還有小青！」毛茅將行李留在地上，轉身往屋內跑。

白烏亞順手將小直屬的東西拿起，一併拿到車上的後車箱放著。

時衛還是站在原處，他望著窗外，微瞇著眼，不知道在想些什麼。

用不了多久，鬧哄哄的聲響就隨著毛茅的歸來在主館內迴響著。人形姿態的黑琅和毛絨絨照慣例地拌嘴，當然往往是毛絨絨的氣勢弱上一大截。

「小不點，烏鴉先把你的行李拿過去了。」時衛提醒一聲，「其他人都上車了，就差你們幾個而已。」

「我這次要坐前面！」毛絨絨一馬當先地往前衝。回程多加上了一個海冬青，他才不要和陛下的迷弟擠一塊，「副駕駛座！」

「想都別想，那是朕的王座！」黑琅哪肯讓他，拔腿就追了出去。

海冬青踩著沉穩的步子，不快不慢地跟在黑琅後面。

「小不點。」時衛忽然喊住毛茅，「謝了。」

「哎？」毛茅困惑地望著突然向他道謝的除魔社社長，「謝什麼？」

日光下，時衛的輪廓似乎被渲染得不真實。他微翹嘴角，以只有自己聽得見的音量說道：

「這個嘛……很多吧。」

□

榴華分部

胡水綠站在旁邊，看著第五壬將睡美人的布娃娃放進了複刻本的凹洞內。

布娃娃嚴絲合縫地與凹洞完全契合。

這正是屬於她的位置。

「部長，對於睡美人說的那句話，你怎麼看？」第五壬指的是澤蘭利用天賦，從睡美人口中撬出的線索。

「是……是他放我們出來的——」

這句話直白得讓人毋須多費精力思考它的含意——有某個特定的人物，將魔女們從不可碰之書內放了出來。

「不怎麼看。她都說是他了，那我們要做的，就是把那個『他』給找出來。」胡水綠拿過了複刻本，一頁一頁地翻看著。

小紅帽、長髮公主、人魚、紅舞鞋、睡美人……

胡水綠將不可碰之書的複刻本闔上。

還有兩個。

《除魔派對5》完

番外 戲劇社的小紅帽

「靜靜，無論如何都拜託妳了啊！」戲劇社的學姊緊握著林靜靜的雙手，散發著對方要是不答應就不會放手的驚人氣勢。

「呃啊，這個……」林靜靜有些爲難。還有學姊是吃什麼長大的？力氣也大得太過分了吧！

嚴格來說，林靜靜並不是戲劇社的正式社員，只是有時候會來幫忙搭一下手。畢竟戲劇社的社長，同時也是這位正抓著她不放的方思恬學姊，是她的鄰居姊姊。

「不管不管，靜靜妳只要答應就好了！」方思恬發揮著纏功，她身邊的幾個社員反倒都有些看不下去了，出言相勸。

「社長，妳這根本是強學妹所難吧？」

「對啊，臨時要靜靜幫妳的忙……」

「只能說運氣不好，小茹偏偏這個時候感冒發燒……」

「啊啊，偏偏就是這個時候！」

「這麼重要的時候！」

「要是天上能突然掉下一個和小茹差不多的人，代替她上場就好了！」

說著說著，社員們不知不覺開始許起了願。

這讓聽著的林靜靜頓感壓力加深，不要以爲她沒發現大家的眼神都是正大光明地往她這邊飄過來，連隱藏都不隱藏了。

只差沒赤裸裸地寫著「社長說的對，我們好可憐，學妹拜託幫幫我們」。

林靜靜想摀著額，然後意識到她的雙手還被人抓著。

「我知道了、我知道了……思恬學姊，總之先放開我。」林靜靜嘆氣著說，「我不會逃跑的。」

啊啊，明明自己只是剛好過來戲劇社的社辦一趟，怎麼就搞得自己像是犯人一樣呢？

方思恬立刻歡天喜地地鬆開雙手。

與此同時，唯一身爲男性的副社長也迅速站到社辦門前，把唯一的出入口給堵住了，彷彿深怕林靜靜會趁機逃出去。

被一群身高超過一百七十以上的女性們圍繞，林靜靜覺得自己現在活像是被一群大野狼包圍住的小綿羊。

「總之……」林靜靜推了推她的眼鏡，先將事情釐清完畢是她的習慣，「一，小茹學姊發燒請病假，可能會請好幾天。二，你們社團後天要去繞校招生。三，最重要的女主角沒辦法來了，對吧？」

繞校招生，這是戲劇社歷年來的一個傳統。

九月初，學校會舉辦一個社團招生大會，在校園裡搭好棚子，讓各個社團賣力拉客……不，是賣力爭取一年級的新生加入。

而戲劇社則會在社團招生大會結束不久後，再來個繞校招生。用直白一點的方式來說，就是在校園內遊行，吸引學生們的注意力。

當然，要讓學生看過來，勢必得要有一身引人注目的行頭才行。

方思恬他們剛入學的那一屆，學長姊們的裝扮主題就是睡美人、惡龍與荊棘。

由於扭來扭去的荊棘們真的太搶鏡了，讓睡美人和惡龍都失去風采。

方思恬還給林靜靜看過照片，林靜靜只能說扮演荊棘的學長姊真的是辛苦了。

至於方思恬他們這一次，選定的主題則是小紅帽與她的七個奶奶。

負責扮演小紅帽的，正是那位因感冒而請假的小茹學姊。

當林靜靜知道這個主題，滿滿的吐槽差點懲不住地衝了出來——小紅帽她能理解，七個奶奶是什麼鬼啊！

普通的小女孩會有七個奶奶嗎？她的爺爺到底是怎麼辦到的？確定沒有引發過腥風血雨的家庭風波嗎？

而且這一票身高一百七十公分以上，還有練出肌肉的奶奶們，根本是比大野狼還要危險的存在了吧？

林靜靜將滿肚子的吐槽嚥了回去，她扶著鏡架，輕輕吐出一口氣，目光掃視向社辦內的眾人。

萬紅叢中一點綠的副社身高最高，一百八的壯實猛男；其他學姊們最矮也是從一百七十一開始起跳。

想到小紅帽要被這七個奶奶環繞在中央，林靜靜無端地懷疑起，小茹學姊該不會是感到壓力太大才稱病請假的吧？

譚小茹，戲劇社裡最嬌小迷你的人物，身高僅僅一百五十公分而已，被視為全社的吉祥物，以及須要好好呵護的嬌花。

「靜靜，妳覺得怎樣？」要出演奶奶之一的方思恬滿懷冀望地看著自己的學妹兼鄰居妹妹，「妳行的吧？只是繞校園走一圈而已，最多向大家微笑、招招手、給個飛吻，還有……」

「學姊，妳的『最多』也太多了。」林靜靜抬手打斷方思恬的喋喋不休，「沒有其他人可以代替了嗎？」

方思恬轉頭看了看自家社員，再轉回頭，「靜靜，讓他們硬塞進小紅帽的服裝的話，衣服會爆開的……我們需要的是更嬌小……」

「妳不如就說矮吧。」林靜靜衡量了下自己的身高。她只比小茹學姊高那麼一點，服裝由她換上是不會有什麼大問題，頂多裙子短了一些，而校園遊行同樣也不是大問題。

眞正的問題是……

「學姊，那天我有事得請假啊。」林靜靜苦惱地說。

戲劇社的眾人登時露出了天打雷劈般的震驚表情，看向林靜靜的眼光根本活像是在看著一個負心人。

林靜靜抹了一把臉，「妳還是找別人吧……」

「不行！一百六十公分以下的人，我只認識妳和小茹兩個！」方思恬自傲地說道。

這有什麼好驕傲的啊？妳是活在巨人國的居民嗎？林靜靜瞪了方思恬一眼。

「眞的沒辦法了嗎？」副社長一臉的愁雲慘霧，「得實行另一個計畫了嗎？」

「得去隔壁國中拐個人過來才行。」社員甲說出了危險的發言。

「別鬧，妳不曉得現在小朋友都營養太好，長得太急太快……依我看，只能找隔隔壁小學了！」社員乙的發言顯然更加不妙。

林靜靜實在不想在報紙或網路上看到——「榴華高中戲劇社竟強行誘拐兒童！這究竟是人性的泯滅抑或是道德的淪喪？」——之類的新聞。

「啊啊，等一下……大家冷靜，學長和學姊們請你們冷靜。」林靜靜揉著額角，「我想看看，我能不能找人過來幫忙……」

「最好是跟小茹一樣矮的。」

「胸不能大，要平，還要瘦。」

「這樣衣服才不用做太多修改。」

「長得可愛就更好了。」

眾人們七嘴八舌地提出意見，巴不得林靜靜馬上就能變出一個替代人選出來。

林靜靜還真的幫他們變出來了。

個子矮，只有一百五十公分；胸是平的，身材纖細，還有一張可愛的臉蛋；不論從哪一方面看，似乎都完美地符合了戲劇社的要求。

——除了性別。

林靜靜介紹過來的人就是她的同班男同學，毛茅。

長得人高馬大的戲劇社成員們一瞧見矮小的紫髮男孩，個個眼睛放光，如同瞧見了什麼稀世寶物。

「哇！可愛耶！」

「好矮！好迷你！」

「皮膚也好光滑……可以摸一下嗎？」

「學姊可以，學長不行。」毛茅笑咪咪地回答，絲毫沒有因爲被一票「巨人們」包圍在中間，就顯得不安。

雖然他身高只有一百五，但他內心裡的自己可是一百八以上呢！

「好了，應該要先讓毛茅試衣服，你們別淨圍著他。」方思恬拍了拍手，要眼中閃著綠油油光芒的眾人收斂一點，不要把她好不容易借來的小學弟給嚇跑了。

想到林靜靜從她這打劫的三頓秋河堂晚餐，還有五包洋芋片，外加一個戲劇社的八卦，方思恬就感到荷包有些隱隱作痛。

立刻有一名綁著包包頭的女孩子捧著衣服跑了過來。

「毛茅，更衣間在那邊，你可以去那邊換。」包包頭女孩指向他們自行搭建的簡易更衣間，其實也就只是拉起一塊簾子，圍出一個小空間，「或是你要直接在這換也行，我們不介意的。」

毛茅露出可愛的微笑，用走進更衣間的行動表示——他介意。

當毛茅從更衣間裡走出來，聚集在社辦裡的學長姊們都忍不住深深地抽了一口氣。

超、可、愛！

毛茅的骨架本來就小，臉又長得嫩，小紅帽的衣服一換上去——紅斗篷、白圍裙、大大的紅色蝴蝶結與白色蕾絲花邊，完全沒有任何違和感。

乍看下，真的分不出他是男是女。

「嗚嗚嗚，真的太棒了……」戴著紅色眼鏡的學姊緊握雙手，眼裡噙著淚光，小紅帽的服裝主要就是她設計的。

「就是頭髮太短了……」方思恬繞著毛茅走，「副社，你覺得需要戴個假髮嗎？」

「不不不！」副社長馬上在胸前比了個「×」的手勢，「這樣很好，這種像是女孩子，但好像又有哪裡不對勁的感覺就很棒了！」

「聽不懂你在說什麼……不過，意思是短髮就行了吧？」方思恬看著眼前的小紅帽，對兩天後的繞校招生燃起了熊熊的自信。

肯定，能吸引全校注意的！

□

方思恬的預感沒有錯，兩天後的戲劇社繞校招生相當成功。

小紅帽的可愛是其中一個焦點，不過七個修長健美的奶奶也不遑多讓，兩者吸引到眾多注目，在校園裡掀起一波騷動。

學生們舉起手機拚命拍照。

在發現小紅帽居然是自己同學時，一年五班的學生不禁露出了目瞪口呆的表情。

經過木花梨和白鳥亞的班級時，毛茅還特意朝兩人比出了一個剪刀手。

走到一半，戲劇社的隊伍忽然被人攔下。

雖然才一年級，但已聞名全校的高嶺之花，高甜，出現在他們的正前方。她冷冽凜然的氣勢連七個奶奶都忍不住被逼退了好幾步。

高甜不知道從哪裡拿了一台看起來很專業的相機，對著毛茅一陣連拍，然後心滿意足地退到旁邊去。

爲了滿足林靜靜的八卦欲望，凌淨抓著手機，英勇地擠過重重人群，跟著戲劇社隊伍繞校遊行，力求不要錯過任何一個畫面。

也因此讓她捕捉到高甜拿著相機的那一幕。

凌淨瞠目結舌地看看自己手機裡的照片，再看看優雅地走回教室的高甜。她揉了揉眼，終於確認自己不是眼花幻覺。

大小姐和毛茅的關係……什麼時候變得這麼好的呀！

凌淨舉著手機傻愣在一旁忘記追上隊伍，等她再度回過神來的時候，這場熱熱鬧鬧的繞校招生已經結束了。

七位奶奶的英姿在女生間傳述著。

小紅帽的可愛也在男生間引起熱議。

甚至毛茅的抽屜裡還因此多了幾封來自男性的情書……那就是後話了。

〈戲劇社的小紅帽〉完

後記

交完第五集很快樂地給自己放假了～直到收到編編通知，才猛然想起自己的後記忘記寫了（摀臉）

趕緊立刻以洪荒之力來拚出《除魔五》的後記！

雖然是用了洪荒之力，不過內容看起來還是很日常呢，一點也沒驚天動地的感覺……

對不起離題了，立刻把焦點轉回我們《除魔派對》第五集上面。

大家心心念念、號稱榴華第一帥的時衛社長登上封面了！

不愧是我們社長，就連在封面看起來都顯得相當騷包，但那個帥氣度真的無人可比。

在這裡繼續讚歎夜風大大，每次寫稿寫到一半，收到她的圖都能讓我瞬間ＨＰ上升。

不知道有沒有人猜到第五集的魔女是誰？

就是耳熟能詳的睡美人！

她的造形真的爆炸美麗，然後也是目前魔女中感覺最威的一個哈哈。

這位魔女的屬性就某方面來說有點宅，比起四處狩獵，更喜歡窩在山中。她是一個熱愛大自然的人形污穢，而碰巧挑到了時衛他們家的山當作度假區，於是就……引發出了一連串的事件了。

再來談談安石榴。和前面幾位事件角相較起來，她給人的感覺比較不顯眼，但自己覺得她最可怕的一點，是她認爲朋友爲自己犧牲是理所當然的。即使到最後她也不認爲自己有錯，所以她同樣也不會有任何心虛之感。

而提到本集角色，當然也不能漏掉社長的妹妹，以及一直以來都只聞其名不見其人的最後兩名社員了。

時玥雪就是取自於十月雪的同音，當初收到夜風大繪製的人設時，瞬間被她的仙氣飄飄給征服了。不愧是時衛的妹妹，假如兩人站在一起，眞的太有殺傷力了！

她和時衛的相處方式乍看之下並不友善，一個對兄長尖酸刻薄，一個對妹妹愛理不理，但他們兩位的感情其實是相當、相當好的！

時衛說時玥雪只對喜歡的人用敬稱，這點沒有騙人的喔。她對時衛就是用「您」，就算毒舌的時候也還是會維持「您」這個用法，就足以顯示時衛在她心中的重要性。

不過在旁人看來，可能會認爲時玥雪是故意諷刺時衛，他們兄妹簡直像下一秒就會吵起來，爆發出一場家庭戰爭之類的。安石榴就是因此而產生了誤會，開始認定自己有機會能夠取代時玥雪。

本集的最後，神祕的項冬、項溪也終於正式露面，還是非常帥氣地登場，這好像是我第一次寫雙胞胎兄弟XD

就讓我們一起期待他們在下集的美圖吧！

附上感想區的ＱＲ碼，對於《除魔派對》有什麼想法，都歡迎告訴我。

醉琉璃

除魔派對熱鬧感想搖滾區QR Code
歡迎大家上來聊聊唷！

CLEANING UP

【下集預告】

除魔派對

除魔社最神祕的項家兄弟終於露面，
一出場卻是拿槍抵著毛茅的腦袋！
黑琅亮出利爪，露出「和藹」的微笑，
打算和兄弟倆來場堪稱溫馨的互動……

榴岩市又發生了匪夷所思的怪事。
少女在暗夜被襲擊，脖子上卻莫名多了兩個血洞。
這會是魔女作祟嗎？
抑或是……傳說中的吸血鬼降臨？

下一回，〈向東向西諸事吉〉

2018.冬，預計出版！
毛茅他們該跑向哪一邊呢？

國家圖書館出版品預行編目資料

除魔派對.vol.5,十月雪紛飛中吉 / 醉琉璃 著.
——初版. ——台北市：魔豆文化出版：蓋亞文化
發行，2018.10
面； 公分.（Fresh；FS160）
ISBN 978-986-96626-3-5（平裝）
857.7 107016145

vol.5 十月雪紛飛中吉

作　　者　醉琉璃
插　　畫　夜風
封面設計　莊謹銘
責任編輯　黃致雲
總 編 輯　沈育如
發 行 人　陳常智
出 版 社　魔豆文化有限公司
發　　行　蓋亞文化有限公司
地址：台北市103赤峰街41巷7號1樓
電話：02-2558-5438　傳真：02-2558-5439
電子信箱：gaea@gaeabooks.com.tw
投稿信箱：editor@gaeabooks.com.tw
郵撥帳號 19769541　戶名：蓋亞文化有限公司
法律顧問　宇達經貿法律事務所
總 經 銷　聯合發行股份有限公司
地址：新北市新店區寶橋路二三五巷六弄六號二樓
電話：02-2917-8022　傳真：02-2915-6275
港澳地區　一代匯集
地址：九龍旺角塘尾道64號龍駒企業大廈10樓B&D室
電話：+852-2783-8102　傳真：+852-2396-0050
初版一刷　2018年10月
定　　價　新台幣 220 元
Published and printed in Taiwan

ISBN 978-986-96626-3-5

FS160

魔豆文化 讀者迴響

感謝您在茫茫書海中選擇了魔豆，您的支持是我們最大的動力。
不要缺席喔，讓我們一起乘著夢想的羽翼，穿越時空遨遊天地！

<table>
<tr><td>姓名：　　　　　　　　性別：□男□女　　出生日期：　年　月　日</td></tr>
<tr><td>聯絡電話：　　　　　　手機：</td></tr>
<tr><td>學歷：□小學□國中□高中□大學□研究所　　職業：</td></tr>
<tr><td>E-mail：　　　　　　　　　　　　　（請正確填寫）</td></tr>
<tr><td>通訊地址：□□□</td></tr>
<tr><td>本書購自：　　　　縣市　　　　書店</td></tr>
<tr><td>何處得知本書消息：□逛書店□親友推薦□DM廣告□網路□雜誌報導</td></tr>
<tr><td>是否購買過魔豆其他書籍：□是，書名：　　　　□否，首次購買</td></tr>
<tr><td>購買本書的動機是：□封面很吸引人□書名取得很讚□喜歡作者□價格便宜
□其他</td></tr>
<tr><td>是否參加過魔豆所舉辦的活動：
□有，參加過　　場　　□無，因爲</td></tr>
<tr><td>喜歡出版社製作什麼樣的贈品：
□書卡□文具用品□衣服□作者簽名□海報□無所謂□其他：</td></tr>
<tr><td>您對本書的意見：
◎內容／□滿意□尚可□待改進　　◎編輯／□滿意□尚可□待改進
◎封面設計／□滿意□尚可□待改進　◎定價／□滿意□尚可□待改進</td></tr>
<tr><td>推薦好友，讓他們一起分享出版訊息，享有購書優惠
1.姓名：　　　　e-mail：
2.姓名：　　　　e-mail：</td></tr>
<tr><td>其他建議：</td></tr>
</table>

廣告回信 郵資免付
台北郵局登記證
台北廣字第675號

魔豆文化有限公司 收

103 台北市赤峰街41巷7號1樓

魔豆

魔豆